每一首情歌都有尾聲的音符，每一首情歌都是忘不掉的旋律。
我在一首小情歌的最初與終點間，遇見最澄澈的眼神，那是妳輕輕望向我的眼神。

- 作者序 -

我的，你的，小情歌

十年前，我老想寫一些轟轟烈烈的愛情故事，跟「穹風」這筆名很不相符，而十年裡，我還真寫了不少個那樣的故事，於是原本期許要溫煦和暖的穹空之風，刮得飛颺激烈，雖然讓你們都因此認識了我，卻也常讓我自己感到納悶，好像哪裡有點不太對頭，而我始終無法釋懷的，還有這名字的諧音，可能就是這樣，所以十年來在人世間轉了一圈，我孑然一身又回原點。

那麼，十年後呢？我轉了偌大一環才終於明白，其實我們孜孜矻矻所追求的，只是一首小情歌裡蘊含的平凡愛情後，我忽然又想，會不會就此到了改名的時候？如果十年前你們會認識一個從沒出版過任何文字作品的穹風，那麼，或許十年後，同樣從頭開始的東燁，也應該要能讓你們在看完一個故事後，發出會心的一笑才對。是了，幾個月前剛決定新筆名之際，在臉書的粉絲專頁上賣了好大關子，這當下總該說明筆名的意義了，不過望文生義，想來很多人也可以看得出來，日出於東，而燁乃煌煌光明之意，所期望的，正也就是希望能再開創屬於自己的，一個新的寫作世界而已，不拘泥於風格，也不局限於題材，打從十年前的《大度山之戀》裡，我就說了，如果每個人的一生都有一件屬於自己的使命，那麼，我希望自己一生中努力探索的，是創作的極限，這是我希望在使用新的筆名時，所能完成的最重要心願，也是唯一的期待。

是了，第一次給自己的小說寫序，難免有些失去章法，到底一本書的序裡應該談些什麼呢？這不是一篇沉重的故事，不需要扯出歷史人文或國家社會的大纛，我只想在這短短的一個小開頭裡，告訴你們幾件事：第一，愛情永遠是我們生命中所需要的，那跟年紀一點關係也沒有；第二，這島上每天產出上百首小情歌，你遲早會遇見自己最愛的那一首；第三，我換筆名了，但不管是以前的穹風，或者現在的東燁，我喜歡寫故事的念頭一點也沒改變。

那麼，接下來的日子也請大家多多指教了。

東燁

二〇一三年九月六日

前

很適合啟程的天氣，仰頭盡是湛藍的天，白色浮雲懸在好遠的遠方。闊別漫長的陰雨後，今天的陽光顯得難得，我看夠了天空，轉過頭，織子穿著白色洋裝，中規中矩地坐在一旁，臉上帶著微笑，微笑時，有細緻的小酒渦，她手上捧著保溫杯，正一口一口小心喝著，那是我剛出門前，才為她沖煮的熱咖啡。機場裡響起廣播，有輕輕的旋律。

我坐在椅子上，手上的登機證與護照輕拍膝蓋，看著織子溫潤可愛的神情，忍不住伸出手來，她一手執杯，空出一隻手來，與我交握在一起。

「確定行李都帶齊了吧？要是又忘了什麼，可來不及回去拿囉。」我說。

「有收好了，真的。」

「真的？」我忍不住瞇起眼睛，微笑看她。

「真的。」而她笑著點點頭。

這城市每日裡總上演著各種不同的故事，有些很甜，有些很美，有些很苦。

我不是那種流浪在城市間的詩人，掬不起太浪漫的情節，更吟唱不了多美好的詩歌，
只是無意間遇到了同樣流過淚的妳，卻想起了幾句旋律：

「關上最後一盞燈，讓回憶侵蝕是與非的紛爭；
得不到你真心的疼，我只是你心中神似的靈魂。」*

*〈替身〉，周蕙。

小情歌

01

很多人都說台北是個多雨的城市，但我以前並不怎麼認同。每個人對多雨的定義總各說各話，沒有標準答案；我是到了很後來，尤其退伍後，才慢慢有那種感覺：噢，這城市真的很常下雨，大雨、小雨、細雨、微雨、各式各樣的雨。要說這城市之所以常常有雨，有的人會解釋為地理因素，有的人強調氣候，有些人會考慮緯度，但我則說，那是因為她。只是我並不很懂，是因為有她才有雨，又或者因為有雨才有她，反正，應該都脫不了關係。

還是先說說下雨的這件事吧，為什麼我在退伍後才覺得台北常下雨呢？那是因為退伍後我找了一份經常得在外面跑的工作。什麼工作會需要一天到晚在外面跑，也最適合剛退伍而缺乏經驗的職場菜鳥？你猜對了，就是保險業務。

十個賣保險的人，有九個會在跟你碰面時，滔滔不絕地說著自己任職的保險公司有多棒，除了勸你投保，搞不好還邀請你一起加入，但我是唯一的那個例外，我不鼓吹客戶買保單，更不找人來一起賣保險。不鼓吹客戶，是因為我真的不太有勇氣對別人開這個口；不找人一起來賣保險，則是因為連我都想改行，想改行的最主要理由，就是我討厭下雨天還得騎著機車大街小巷跑，而且，如果肯跑就會有業績也便罷了，問題就是跑了幾個月後，我的主管居然把我叫到跟前，很認真地問我有沒有改行的打算，他說也許到手搖茶攤子去賣珍珠奶茶會比較適合我。

被那樣勸退後，我的信心受到很大打擊，自己難道連保險都賣不好嗎？把這件事告訴我的小學同學，她在另一家保險公司上班，投入這一行的時間只比我早一點，但成績卻相當斐然。約在我住的地方附近，一家提供午餐時段特別優惠的咖啡店，外面下著雨，而我吃不起即使打了折的午餐，只能喝最便宜的冰釀青茶。

「保險業務員販賣的，可是人們一生中所需要的各種保障，有什麼好難為情的？」我同學長得很好看，一頭長髮，明眸皓齒，是每個正常男人看了都會心動的類型，再加上她說話清晰有條理，難怪生意能做得好。認識多年，我知道有不少男人追她，唯獨就我例外，原因很簡單，因為全世界只有我知道，她是那種到了國小六年級還會尿床的女生——以前我住她家隔壁，聽得到她家裡發出的每個聲音，包括她老媽洗床單時的嘮叨。

從我們坐下來後，一直到聚會結束，尿床妹起身離開為止，中間並不超過一個半小時的短暫時間裡，她的電話一共響了七通，只有一通的鈴聲超過六聲才被她接起，那次是因為她剛從廁所出來，所以慢了幾步。七通電話中，她一共跟五個客戶噓寒問暖兼回答問題，談妥了四張保單，其中有兩個客戶花了點時間考慮，所以才打了兩次電話給她。我一邊瞠目結舌地看著人家做生意，同時也望著玻璃窗外的雨。這種天氣還要去拜訪客戶嗎？今天我一個約也沒有，早上去公司露過臉後就沒事，要不是跟床妹有約，我現在大概已經躺在家裡沙發上了。

「你還住在那個破爛地方對不對？」講完第八通電話，她問。

「是呀。」我答得意興闌珊。

「也還沒辦法買車吧？」指指我放在另一張椅子上的安全帽，她又問。

「連頭款都湊不出來。」我只好又搖頭。

「該不會穿來穿去還是那幾件襯衫吧？」然後她又問。

「上個月又破了一件。」我聳個肩。

然後她嘆口氣，走去櫃台拿了菜單，決定好人做到底，再請我喝第二杯茶，外加一份商業午餐。

我試著做一點解釋，告訴她自己的想法，但問題是我有什麼想法呢？沒有，壓根兒就沒有，我連自己應該怎麼想都不清楚，反正就是退伍了、沒事了、沒錢了，得找條路，哪裡有路就試試看，這樣而已，所以我一個屁也放不出來，只好看在待會有頓免費午餐的份上，聽這個尿床妹囉嗦。

中午時段，咖啡店裡客人很多，也許忙中有錯，餐點第一次送來時，我原本點的咖哩牛肉飯居然送錯，成了黑胡椒魚柳，看著面前的午餐，我皺眉搖頭，請她再去核對點餐單。女服務生連忙道歉，急忙又端回去，她說話時的口音有點怪，但可惜轉身得快，我沒看清楚她的長相。

「偶爾你也應該試試看，做點陌生開發。」尿床妹說的是業務人員創造績效最重要的一環，「你該不會期望自己還有什麼親戚朋友會那麼剛好，就缺一張你能提供的保單吧？」她攤手說著，叫我現在馬上演練一遍，隨便找個對象，試著賣一張最常賣也最好賣的意外險保單。

「現在做陌生開發？我要去找誰買呀？」我很詫異，而尿床女下巴一努，剛剛送錯餐點的女服務生很快又端了另一份餐點過來，只是她剛走到這邊，我都還來不及開口，她已經一個手滑，整個托盤傾倒，好大一盤咖哩牛肉飯全都灑了出來，熱燙燙的醬汁淋得我滿身都是。慘叫一聲，差點從椅子上跳起來時，我腦袋裡第一個念頭是：原來我才是那個最需要意外險的人。

每段愛情的開始，對誰不都是意外？

02

從中午過後就開始飄起雨來，天空灰濛濛的，再加上偶爾一陣陣微風，真是有夠蕭索淒涼。我打開門，看著頂樓外的世界。十二樓高，老舊的電梯大樓，既沒有管理員也沒有保全，每一塊磁磚都透著歲月累積後的黴黑色。房東把頂樓加蓋的破房子租給我，與這小屋相伴的，是一邊角落裡，被很多住戶棄養後就隨便堆放的各種盆栽，另一邊則懸著曬衣竿，平常只有我的衣服會晾在那裡。

大樓老舊，格局都很小，又缺乏管理的結果，就是出入份子複雜，很多屋主把房子丟給房客後就擺著不管，任其自生自滅，就像我的房東那樣。

下午三點，我在屋子裡吃完泡麵，開啟電腦，逛起網路人力銀行。保險賣不好，我已經開始物色新工作。才看了一兩則徵人廣告，外頭傳來啪啦啪啦的拖鞋聲響，我好奇地從窗邊探頭，只見一個人影跑過去。這個頂樓通常不怎麼有人上來，納悶著，我打開門一看，只見一個年輕女孩抓著已經濕透的棉被，滿臉懊惱的模樣，正從曬衣場那邊走過來。

「妳怎麼會挑這種天氣晾棉被？」我叼著一根沒點的香菸，指指天空，「氣象報告不是說了，會有鋒面來，台北要下幾天雨嗎？妳那種棉被晾不乾的，不如拿到轉角的洗衣店去烘一烘吧？」

其實我只是想告訴她，沒事別跑上來，尤其那個曬衣場，通常我都把自己的內褲跟襪子掛在那邊，雖然不雅，但這裡只有我一個人住，誰也管不著。一旦它變成大家共用的空間，那我可就處處受限，不能再肆無忌憚了。

本來以為跟她這樣說，小女生會點點頭就下樓去的，沒想到她朝我望了望，端詳一番後，忽然一個九十度大鞠躬，很認真地說了一句謝謝。

謝謝？不過是指點一下自助洗衣店的方向，或者提醒她最近幾天會下雨，這點芝麻蒜皮的小事值得她差點把腰給折斷來說謝謝嗎？我叼著那根菸，還丈二金剛，結果她抬起頭，張大雙眼看著我又說話時，瞬間就讓我明白了。不是洗衣店的問題，也不是氣象報告的問題，女孩有一張讓我感到陌生的面孔，她的國語不太標準，講話速度也慢，費了半天工夫，我才聽懂她說的是：「謝謝你上次幫我。」

那當下我感到疑惑，這人我好像見過，但時間和地點則一時想不起來，只覺得有種似曾相識的感覺。我幫過她什麼？皺著眉頭，記憶中我不認為自己在這棟破樓裡幹過什麼好事，那個曬衣場平常沒人晾衣服，我更沒幫別人收過衣服；另一邊角落的盆栽都是其他住戶遺棄不要的，除了滋養蚊蠅，對我的生活毫無貢獻可言，我還不只一次，趁著半夜跑去盆栽那兒偷尿尿。奇怪，這個女孩要謝我什麼？

「上次在咖啡店，我潑到你，那個，你記得嗎？」看我一臉茫然，女孩比手畫腳地示意了好半天，我才總算有了點印象，那已經是一兩個星期前的事了吧？尿床妹請吃飯，結果我連咖哩牛肉是什麼滋味都沒嚐到，一個笨手笨腳的女服務生把整托盤的食物都打翻到我僅存的一件襯衫上面。不過當時我沒機會看清楚女服務生的臉，她那時就像剛剛這樣，九十度大彎腰，不斷說著對不起，一邊說一邊鞠躬，後來店長出現了，他們送我一本餐券當賠罪，不過餐券被尿床妹拿走了，她掏了一張五百元鈔票給我，說我更需要的是拿那筆錢去買兩件新襯衫。

「你想起來了嗎？」比比腦袋，女孩子用不太靈光的國語問我。有點奇怪，皮膚很白，五官清秀，有一點小酒渦，半長不短的髮型也整理得很好看，一雙眼睛算不上大，但整體而言都挺不錯，怎麼瞧也不像來台灣幫傭的外勞，怎麼國語講得亂七八糟？那當下我有一度想用客家話跟她聊聊，不過轉念又做罷，國語都爛成這樣了，怎麼可能會講客家話？況且，這年頭哪有年輕的客家人只會講客家話而不通國語的？

無所謂想不想得起來，反正那天在咖啡店裡發生的就只是一樁小小意外，對我這種倒楣透頂的傢伙來說，靠著她打翻一盤飯，我還賺到兩件新襯衫，算起來該說感謝的人應該是我才對。擺擺手，我說算了，一臉沒有要追究的意思，看著她心安地點頭，又說了幾次謝謝，轉身就要往樓梯口走去，那當下我忽然心念一動，如果你曾經賣過保險，你就一定會聽主管這麼唬爛過，他們總說自己曾經鼓起勇氣來做陌生開發，就因為那股勇氣，讓他們在從業過程中，獲得非常大的成績，靠著陌生開發，也許他們遇到了大客戶、好朋友，甚至還有人找到了人生中最重要的另一半……每次聽到這些吹噓，我總是臉上艷羨但心裡嗤之以鼻，媽的天底下哪來這種狗屎運？但就像尿床妹上次對我說的，人活著，誰不會有個三長兩短？如果身邊的親朋好友都已經買過意外險了，你不找陌生人，難道保單賣給鬼去？

「小姐，妳等等。」叫住那個抱著濕淋淋棉被就要下樓的女孩，轉身走進我這三坪不到的小房間，拿張名片出來，我說了句自以為非常經典的好台詞：「天有不測風雲，也許哪天妳會需要這張名片。」說著，遞出名片時，還送上我自認瀟灑翩翩的微笑，但女孩先是愣了一下，跟著看看名片，看了半晌後，才問我是不是賣保險的。

「是呀，我是一個保險業務員。」客氣點頭微笑，但心裡已經閃過好幾句髒話，妳他媽的除了國語講不好之外，難道連中文都看不懂嗎？

「如果，下次，我去上班了，又下雨的話，可以打電話拜託你幫我收衣服？」比比天空，又比比講電話的手勢，沒料到她想到的居然是這種「需要」，在我那個「幹」字還沒罵出口時，女孩靦腆一笑，說：「保險，我就不要買了，」她食指比比自己心口，說：「我是日本人，不能買台灣的保險，嗯？」說著，還有一個露出小虎牙的甜美微笑。

不知怎地，有些人的微笑總能浸透別人原本冰封的心，比如妳。

「日本菜耶，你就這麼眼睜睜地放過了？」聽我說這棟樓裡住了一個日本女孩，還跟我有過兩次交集的事，阿泰瞪眼。

「我不太愛吃生魚片的。」而我聳肩。

沒有在週末出去鬼混的閒錢，我只能窩在路邊的快炒店裡，兩碟小菜沒怎麼吃，便宜的啤酒倒是喝了不少。

「生魚片你不吃，上次那個烤鴨你也不吃，不然你想吃什麼？泰國菜或越南菜好不好？」阿泰還真是嚐遍各國料理，他已經喝得半醉，又說：「男人是拿不到貞節牌坊的，你不知道嗎？」

我說自己不是那個意思，只是一來不喜歡花錢玩女人的感覺，二來生活中也沒遇到什麼適合戀愛的對象，而另一個最主要的原因，是我不認為自己有閒錢談戀愛，要知道，愛情是促進經濟蓬勃發展、帶動資本主義運轉的重要因素，只有傻子才會前仆後繼地摔進那些資本家的陷阱裡，還甘之如飴。

「眼界放寬點吧，兄弟。」拍拍我的肩膀，打了一個酒嗝，阿泰說：「你不肯張開嘴巴，就算還能記得自己吃過那一碗味道可能還不錯的滷肉飯，卻永遠也嚐不到其他的美食了，對不對？」

對個屁。那時我對阿泰說。

這裡有一個前情要先交代，阿泰所說的滷肉飯，是我大學時代交往的女朋友，她家是賣滷肉飯的，據說還挺有名，不過我一次也沒去吃過。滷肉飯在我快退伍時，寄了一封信到部隊來，那時連上所有弟兄莫不好奇萬分，連輔導長都跑來看，人類都可以組團到太空觀光了，他想知道這年頭還有誰在拿筆寫信貼郵票。

但殊不知我拿到信時一點開心的感覺也沒有，滷肉飯在信裡列舉了十個非得跟我分手的理由，而隨信寄來的，還有我花了當兵時存的一點微薄薪水，為她買的一枚戒指。我在退伍當天，從金門搭船回台灣時，在船隻開動的瞬間，把戒指丟進了海裡。

所以我告訴阿泰，滷肉飯跟我早已恩斷義絕，再沒任何牽掛，現在身邊之所以沒有女人，一切原因都很簡單，就是沒錢沒閒，大丈夫何患無妻，我們只是匈奴未滅而已。不過儘管如此，拗不過他一再鼓吹、央求與拜託，我最後還是答應，也許哪天再遇到生魚片，會留下對方的名字跟電話號碼，讓喜歡搞國民外交的阿泰有宣揚國威的機會，但阿泰非常卑鄙，我答應他這麼一件好事，他回報給我的卻是一個超級爛消息，他說上個星期幾個大學同窗聚會，那時遇到了滷肉飯，這傢伙還把我的地址寫給她。

「把我地址給她幹嘛？」我愣了一下。

「不吃生魚片、不吃北京烤鴨，你連泰國菜也沒興趣，我猜你可能會想再吃一次滷肉飯，所以就……」醉眼歪斜，他這句話還沒說完，已經被我一腳從椅子上踹了下去。

走出快炒店時，外面已經下起雨來，這波鋒面滯留多日，整個台北到處濕漉漉，雖然不冷，卻帶著一種淒清的氛圍，我在店門口伸個懶腰，一想到回到家裡，只能面對那一床肯定又帶著霉味的爛被窩，心情就沮喪不已。跟阿泰分手道別，他走進捷運站，我則騎上老舊的野狼機車。

不穿雨衣，迎著微微細雨，男人有時需要的就是一點這樣的瀟灑與豪邁，只可惜我一邊騎車的同時，腦袋轉了又轉，居然找不到一首符合這種心境的曲子，都怪阿泰，害我想起跟滷肉飯有關的往事，以至於此時此刻我唯一能夠哼出來的，居然只有一首當兵晚點名時都會唱到的〈我愛中華〉。

不算太遠，一路騎到老舊的住宅區，轉過兩條巷弄，回到樓下，雖然並不覺得冷，但畢竟身子都濕了，把安全帽一丟，機車鑰匙在手掌裡輕拋，搭著電梯直上十一樓。為什麼不直接上十二樓呢？因為我住的地方是頂樓加蓋，那是違建，當然沒有電梯。踏出十一樓電梯門，轉個彎，從逃生梯再往上走才到我家。

走得慣了，我不需要打開樓梯間的照明燈，光從外面透進來的霓虹餘光，就能看得非常清楚，我帶著三分酒意，走上十二樓，通常每次晚上回來，這頂樓總是安安靜靜，一個人影也沒有，但今晚忽然有了例外。

頂樓空間不算小，但有一大半都被女兒牆隔著，那邊架了很多空調冷卻塔或太陽能的機板等等，另一邊則有我住的小屋子，外加曬衣場與盆栽區，除此之外的空間非常有限。我擺了一張從資源回收場撿回來的木椅在門口牆邊，這是我往常休閒發呆或看夜景喝啤酒的個人專用席位，而此時十二樓的門一推開，首先映入眼簾的，就是附近大樓的霓虹光影投射過來，映著木椅上一個背影。

嚇了一大跳，心臟差點跳出來，但這麼熱鬧的台北週末沒有見鬼的可能，只是按理說也不會有人特地在這裡堵我。一想到這裡，我立刻想到阿泰喝酒時說到的滷肉飯，全世界知道我住處的女人只有四個，第一個是尿床妹，第二個是我媽，第三個是我妹，第四個就是滷肉飯。難道會這麼快？那當下我有些懷疑，本來想走過去一探究竟的，但那女人忽然全身抽動了幾下，跟著發出嗚咽的哭號聲，當場嚇了我一大跳，那瞬間我更不回頭，躡手躡腳，生怕發出半點聲響，小心翼翼地轉身，走下樓梯到十一樓，也不敢等電梯了，直接沿著逃生梯，我快步飛奔往樓下逃竄。

妳總愛在雨天出現，所以我們才始終不見陽光，是嗎？

04

退伍前夕，比我早幾梯重獲自由的學長介紹了這份賣保險的工作，我也順利通過保險業務員的資格考，那時身上沒錢，只能租下這種小地方，本以為萬丈高樓平地起，我已經住在頂樓，看得比別人更遠，那也算得上是一種先天優勢，是一種好彩頭才對，孰料剛入行不到半年，我學長就退出江湖，改行去夜市擺攤，留下我在茫茫人海中載浮載沉；也是到了這等地步後，我才驚覺，原來這城市在很多外來人口的眼中或許現代與進步，但其實並不然，真正融入它之後，我終於發現，光鮮亮麗的背後，原來還藏著無數像我這種沒吃飽過卻也老餓不死的小蟑螂，小蟑螂們汲汲營營，沒有出人頭地的大夢想，我們住在破爛的窩裡，過著隱姓埋名、沒沒無聞的小日子，而究竟期待什麼，大多數的小蟑螂們可能從來也沒想過。

坐在大樓對面這家便利商店的透明玻璃窗前，我仰頭看不見自己住的地方，滿腦子胡思亂想，從蟑螂理論開始，一路想到現在的處境，我在納悶，不曉得那個頂樓陽台邊現在淨空了沒？搬進那小房子後，尿床妹來過一次，但如果要找我，她會直接打電話，不需要坐在那裡一個人哭泣；至於第二個女的就甭提了，我媽沒那麼瘦，而且遠在宜蘭，她也不會坐在我家門前流眼淚；要說我妹就更免談，見我不在，她會直接破門而入才對，所以唯一的可能就是滷肉飯了。我點點頭，跟自己說。

但滷肉飯為什麼會來呢？這該死的阿泰，居然雞婆地把我的地址給了她。她來做什麼？她哭什麼？按理說該哭的人應該是我才對吧？以手支頤，我怎麼算都覺得，如果在這件事裡有人該掉眼淚的話，那無論如何也輪不到她。

分手前，她很「好心」地把我當兵前所留下的東西全都拿去網拍變賣，包括一整櫃我多年來苦心蒐藏的航海王公仔，再外加一筆大學時辛苦打工存下來的積蓄，這些都被搜刮一空，這樣她還不滿足，滷肉飯甚至要求我賠償一筆耽誤她青春的精神補償金。媽的，她的青春很值錢，難道我的就活該被糟蹋了？一想到這裡，我忽然心生怒意，老子都好心好意放過妳了，妳倒好意思回來找我？哭什麼？難道是那些錢花光了，又想回來演一齣苦肉計嗎？一想到這裡，我屁股離座，立刻就想上去找她理論。

但也就在那瞬間，我又想，還有什麼好理論的？感情嘛，過了也就過了，一段愛情的起落不就跟捷運上那些陌生但又擦肩交集的緣分一樣，該近的時候，人與人之間幾乎毫無距離，可一旦抵達各自的目的地，卻又誰都頭也不回就走？這就是緣分，而緣分本就無可計較對錯。我現在雖然不濟，但總算還能養活自己，要去計較那些，不是給平靜的生活多惹風波？而且萬一她已經一貧如洗，開口跟我要錢，那我能不給嗎？或者她發現自己終於走投無路，又想回頭重修舊好，那我應該答應嗎？不行，我絕不允許自己變成這麼懦弱的人，所以最好的方式，就是躲開一點，躲到她放棄為止。

打定主意後，我屁股又坐回椅子上，只是一坐就過了兩個小時，中間除了去過兩次廁所，我視線完全沒離開過便利商店對面的大樓出入口，那兒幾乎沒人進出，非常安靜，只有細雨不斷落下，把地面濡濕而已。

怎麼辦呢？如果她永遠都不走，難道我永遠回不了家？眼看夜深，我在便利商店硬邦邦的塑膠椅子上坐得屁股都麻了，店員還故意在我旁邊走來走去好幾次，投射過來的眼神像是在說：媽的我們這裡不是免費吹冷氣的地方，沒事又不想花錢的話你最好快滾。

這段時間裡，我天馬行空又想了很多自己如果上樓還遇到她，可能會有的各種遭遇與反應，但想來想去，總覺得一切都不太可行，這當中包括推她下樓、殺害她再分屍藏在頂樓水塔裡，或者我們來個雨中的激情擁吻，也可能我很瀟灑地掏出口袋裡僅存的幾千元，往她臉上砸過去等等。

「一杯熱的卡布奇諾。」我對店員說著。這是兩個多小時後，當一切苦心建立的內心防衛都被瞌睡蟲給蛀光後，我最後所能下的結論。熱卡布是她最喜歡喝的，而我只給自己買了一瓶礦泉水。

都已經凌晨一點多，我坐得腰痠背痛，而且非常想睡覺，因此決定放棄，不想再耗下去。待會上樓後，不管她要說什麼，我反正都推說自己只是隻一貧如洗又營養不良的小蟑螂，既養不起她，也沒錢可借，簡直就是世界上最沒前途的人，無論她遇到什麼困難，麻煩去找別人幫忙，拜託請放過我。一邊想著，我拿著飲料，回到自己住的大樓這邊，按下電梯面板按鈕。閃得掉就最好，如果閃不掉，我們也應該坦然面對，大不了一拍兩瞪眼，反正窮人膽子最大。電梯門開時，我深呼吸一口氣，走上旁邊的小樓梯，慢慢踱上十二樓。

那個女人還在嗎？答案很快浮現眼前，我的小屋子依舊木門緊閉，而外頭的椅子上，還是那個背影，只是她似乎已經停止了哭泣。是呀，都幾個小時過去了，哭也哭累了吧？哭累了就早點回家睡覺好嗎？我心裡這麼想著，一步步走到她身邊。

「那個……」正想開口說話，把肚子裡盤算好的所有台詞一一講出來的，但就在嘴巴張開的當下，我忽然覺得有點不對，雖然隔了好久沒見，但我記得最後一次看到滷肉飯，她可是染了一頭黃褐色的髮色，怎麼這個卻是黑髮？早先前我自己心虛，一看到這背影就逃之夭夭，竟沒想到這一點。一聽到我開口的聲音，椅子上縮著的女人忽然也抬起頭來，轉眼望向了我。

「對不起，你的椅子對不對？借我坐好嗎？」講話口音很彆扭，果然不是滷肉飯，在附近大樓投射過來的霓虹光線中，我看得清楚，這根本就是生魚片嘛！那當下我一陣錯愕，但隨即笑了出來，而苦苦的笑聲裡，還包含著對自己杯弓蛇影了一整晚的無奈感，我把手上的咖啡遞給她。

「那有什麼問題，妳愛坐多久都可以。」臉上雖然帶笑，但我心裡已經罵過幾句髒話，都是那個該死的阿泰，害我心神不寧，才會搞了一個大烏龍。

「這個咖啡，為什麼？你知道我在這裡嗎？」看我手捧著水，再看她手上那杯，生魚片好奇地問，大概哭過頭了，她聲音聽起來有點沙啞。

「我猜妳會需要一杯咖啡，在這種時候。」故作瀟灑地看看周遭，雨剛停，生魚片老早渾身濕透了，霓虹映眼，這城市是繽紛的冷。我說：「喝吧，不管有多少難過，喝完就會沒事的。」一邊說，我暗下決定，這杯咖啡的錢應該算在阿泰頭上，因為下一句，我問生魚片叫什麼名字，而她說自己叫作千川織子。

「你是好人。」她在溫暖馨香的咖啡入口後，這麼對我說。

我始終深信不疑：一個愛情故事裡，最不該出現的，就是一個好人。

年紀比我小兩歲，來自大阪，說是老家住在距離大阪天守閣不算太遠的地方，從自家院子裡就能遠眺那座古城。千川織子來台灣當了一段時間的交換學生，而她在日本讀大學時就學過中文，以外國人的程度來說，這應該算是很不錯了，至少聽得懂我說的：「曲終人散的時刻，總難免有人要黯然退場，瀟灑走一回畢竟不是誰都做得到。」她點點頭，而我又說：「妳聽過『此情可待成追憶』這句話吧？」看我說得很認真，但這次她睜著圓亮亮的大眼睛，卻搖頭。

「那有沒有聽過『問世間，情為何物，直教人生死相許』這句？」我決定換句通俗一點的，可是她也搖頭。

「『兩情若是長久時，又豈在朝朝暮暮』？」已經快要失去耐性了，我兩句詩出口的同時，她依舊搖頭。

「那這麼說吧，妳知道愛情自古以來，都是人們不斷談論，卻始終難以釋懷的，這一點妳明白嗎？」我只能放慢說話速度，再輔以手勢，希望她可以理解。果不其然，這回我不再引經據典，她就點了一下頭。

「很好，我剛剛說的那些，也只是想讓妳了解，就算是歷史上的那些名人，面對愛情，也會有很多想不開的地方。」我假裝手上有筆，虛擬一下寫字的動作，說：「妳也可以跟他們一樣，把心裡想的都寫下來，這樣會比較好。」又指指這片夜空，我說：「下次如果難過，別再上來淋雨了，好嗎？」

「會感冒。」她居然答腔，讓我嚇了一跳，當下笑著點頭對她說：「是的，會感冒。」

我覺得自己雖然不是挺擅長安慰別人，但至少這次表現應該不差，好歹可以引領她往好的方面去想，孰料才剛說完「會感冒」三個字，她忽然又哭了起來，還學足了台灣八流電視劇的台詞，哽咽地說：「感冒又怎樣，讓我死掉算了……」

那當下，我有一種白費工夫，不如進屋睡覺，管她去死的念頭萌生。

大半夜裡，天清氣冷，台北漸漸安靜下來後，只剩附近許多建築頂樓的霓虹依舊閃爍，而天空又慢慢落下一點雨。眼見得她沒有下樓去睡覺的打算，我也只好開口問問，但沒想到這小女生居然點頭，說要進我屋子來聊聊。

讓她在小沙發上坐下，而我則進廁所去一解憋尿多時的痛苦。尿完後，我一邊洗手，一邊照照鏡子，怎麼這張臉看起來很像個好人是嗎？在台灣，好人的同義詞有很多，而我們都想得到那代表什麼意思。有點懊惱，但又一點辦法也沒有，我泡了兩杯熱茶，這是寒舍所能提供最好的待客之道。我本以為遇到的是生魚片，應該會好打發一些，沒想到光是幾句安慰話就說了老半天。

「會不會給你很麻煩？」她指指自己，又指指沙發。

聳肩，我微笑說不會，但心裡想的是：如果妳願意抬頭看看牆上的小鐘，發現這種時間真的不適合相當陌生的孤男寡女共處一室，也覺得自己真的應該下樓去睡覺了，那我會更加感謝。

千川織子在日本有個交往多年的男友，一直分分合合，當初她想來台灣念書，男生就非常反對，並數度以分手要脅，期間他們也真的分手過一次，那時織子還跟學校請假，千里迢迢趕回日本去找那男生，兩人好不容易才復合，但沒想到時隔不過幾個月，今天下午她剛從打工的咖啡店離開，正想去超市買點東西，途中接到男生從日本打來的電話，內容很簡單，就是這段愛情又完蛋了。

「對不起，跟你說這些。」有些赧然，她說：「給你添麻煩，很不好意思。」

「沒關係，反正我本來就沒什麼朋友，而且明天放假，無所謂。」我聳肩，這說的也有一半是事實。長夜已經不再漫漫了，眼看著凌晨三點，其實我非常想睡，而且渾身酒味都還沒洗澡。

她喝完熱茶後，把杯子規規矩矩地擺好，站起身來，非常恭敬地朝我又是鞠躬行禮。那當下我本來以為她會說聲再見而後離開的，沒想到她居然又坐了下來，害我整個期望落空。

「高先生說的很有道理，我也都明白，只是一時間有點……有點那個不過來。」一時語塞，我給她補上兩個字：「調適。」

織子說她非常愛她男朋友，兩個人曾有許多美好的回憶，也曾經許下承諾，會照顧彼此一輩子，反正都是些海誓山盟的話題。我聽著聽著，極力忍住呵欠，其實這些空洞又虛無的諾言，年輕的時候誰沒說過？差別只是我們在台灣用中文說，而他們用日文而已，但結果呢？結果又有什麼差別？我被滷肉飯搜刮殆盡，落得一文不名；她遠在海外的異鄉，照樣一通電話就被人家給甩了。問她要不要再回日本去把這件事談好，織子想了想，搖頭說：「還是不了。」

為什麼不呢？我想起自己被兵變時，連上弟兄們都建議我應該回台灣解決問題，輔導長還建議我先預支以後的假期，那時我本來是要回來的，連行李都收好了，然而最後同樣做罷，對我而言，大家都是成年人了，什麼決定都可能草率，但分手總該經過深思熟慮才對，既然如此，那我大老遠跑回來，難道就能起死回生？不曉得織子是否也這麼想，總之她說暫時沒這打算，還說自己也知道以後應該怎麼做，只是今天發生了這樣的事，一時難以自處，所以才想上樓吹吹風，本以為看看夜景能讓心情變好，沒想到卻愈看愈想哭，最後就成了這樣子。

「該哭的時候，不用壓抑，妳知道的。」怕她聽不懂，我每句話都帶著手勢，而織子用感謝的表情看我，還點點頭。

講完所有能安慰的話，她滿肚子的難過也得到宣洩，那是不是應該天下太平，大家各自去睡了？我心裡正這麼期待時，她忽然環顧起這房子，問我是不是剛搬來。

「搬來好久了，只是東西沒整理。」我看到織子的眼光正望向牆角堆積的幾個紙箱，那裡面裝滿了雜物。

「這裡，很舒服的樣子。」她移回視線，伸手輕拍兩下我的小沙發。

「改天妳如果心情又不好，隨時可以上來坐坐。」我微笑，而潛台詞則是：但是現在拜託妳回家去睡覺好嗎？

小情歌

天色濛濛亮時，我反而因為洗過了澡，精神變得很好，一個人站在牆邊，遠遠地望著下過雨後，天氣似乎快要變好的城市風景。星期天，很多人不用上班，有的人會選擇回家，跟家人一起共聚，或者三五好友，結伴約會，但我呢？我點著香菸，讓一縷煙霧散進城市上空。這城市並不是每個人都孤單，儘管我們沒有相依相偎，但我們都懂得那種藏在心裡的孤寂。我低頭看看腳邊，這個星期天，跟我一樣笑不出來的，還有另一個人，她住九樓。

一城深處裡的孤寂，我們都懂。

那磚牆就崩落吧，城垣就坍毀吧，都遲早的事，
我還好整以暇點了根菸，抽一口未來的思念。
妳把這故事帶回去，也就不枉了我們曾經走過的，一段岔路，
那裡，雲霾霧深，我只看見妳背後透過來，一絲的光。

這一天，我看見，
「彩虹的第八個顏色是夜的黑色。」*

*〈對折〉，任賢齊

06

阿泰是我大學時同系的好朋友，雖然並不同班，但一起在社團裡混久了，交情自然不在話下，對他，我算得上是非常了解，但是對我，他可就不見得那麼清楚，最主要的原因在於我的性別——阿泰活了二十幾年，我猜他這前半輩子都沒嘗試過要去了解任何男人。

退伍後，他坐擁家裡留給他的大筆遺產，卻在一家機械製造公司混日子，本來有機會調派大陸的，然而這傢伙居然拒絕了，我感到好奇，去了大陸，他就有跑不完的酒店應酬，再適合他那風花雪月的個性不過，怎麼反而拒絕了呢？阿泰解釋是：「不常吃到的東西才會變成好吃的東西，你懂嗎？那就跟當兵一樣，你再怎麼喜歡吃饅頭，也會希望偶爾一天的早餐可以換成烤土司。」

我們偶爾才見一次面，那大多是週末夜晚他把不到妹，或者真的只想喝喝啤酒，不懷其他目的時。很難得有這樣一個例外，居然在星期三晚上看到這傢伙，但那是因為他勾搭上了公司的女會計，跟人家天南地北瞎聊，最後居然扯到買保險，那傢伙當下把我端出來，還在別人面前胡扯，說自己這個死黨可是保險公司高階主管，有任何保險方面的疑問都能迎刃而解。

「怎麼樣？這個優不優？」聊了一整晚，趁著那女人去上廁所，阿泰問我。

「我講得口沫橫飛，差點渴死，但是一張保單都沒賣出去，反而白便宜了你吧？」我拿著手中已經喝光的麥當勞飲料杯不斷埋怨。

離開麥當勞時，那傢伙攬著女人很悠哉地就走了，我非常有理由相信，他會在跟那個女人上過床後，徹底遺忘曾答應我要幫忙跟進客戶的這件事。

花了一整晚，沒做成任何生意，本著服務的心，來幫陌生客戶解決保險方面的問題，存的也就只是人家有朝一日再需要一張保單時會想到我的微薄希望而已。回家後，我連燈都沒開，直接走進浴室沖澡，洗完後，換過輕便的服裝，拎起裝著髒衣服的塑膠籃又走出門，這幾天雖然沒下雨，但天氣老是陰霾，根本不見日光，眼看髒衣服愈積愈多，偏偏氣象報告說鋒面又來，台北肯定又好幾天有雨，我只好帶著零錢跟一本雜誌，投奔自助洗衣店，但你說人倒楣時是不是這樣，進了電梯，剛下到一樓，我才走出馬路不到兩步，已經有雨滴打在我的額頭上。

洗衣店廿四小時營業，店內空間不大，擺了一整排洗、烘衣機後，就只剩一點空間能擱著幾張板凳，提供等候的客人使用。日光燈明亮，椅子上空無一人，有幾部機器還在運轉中，洗衣籃也放在機器上。

我把髒衣服塞進洗衣機，倒入自備的洗衣精，然後投幣，看它開始動作，自己則拿出雜誌，在椅子上坐下。洗衣時間通常約四十五分鐘，再加上烘衣服，大概就快一個半小時，我由衷希望這本雜誌夠好看。

一邊翻閱，偶爾轉頭看看透明玻璃窗外的世界，安靜的巷道，不甚光亮的照明，城市裡的人又要慢慢地入睡，還剩下多少清醒？他們都在忙些什麼，怎麼還不休息？他們會不會需要買保險？

我看看雜誌，發發呆，大約過了半小時後，幾乎已經快要打起呵欠，正想起身運動運動，洗衣店的玻璃門忽然被推開，我愣了一下，是個熟悉的人。現在不好意思再叫她生魚片，我們還她一個像樣的名字，她是千川織子。

織子穿著簡便的服裝，罩著薄外套，再配上運動褲，手上提著衣服，一對眼，她跟我都有些錯愕，隨即露出客氣的微笑，她說了句「高先生好」，而我點點頭示意。

高先生，其實我到現在還很不習慣這種稱呼，我當了二十幾年的「高同學」，最近才變成「高先生」，但先生聽起來總有一種老掉的感覺，所以我一直很不習慣，而阿泰則以此斷定，說我有什麼他媽的嚴重社會不適應症。想得遠了，趕緊拉回思緒，打過招呼後，我繼續低頭看雜誌，耳邊不斷傳來窸窣聲，也不曉得搞什麼鬼，不過就是簡單的幾個動作，怎麼連這都搞不定嗎？放下雜誌，我又抬頭看，織子正在那裡用力拉扯著投入錢幣的拉柄，那本來只需要把零錢擺上去，一推一拉，錢被吃進去後，再按下啟動鈕就能完事的，現在不曉得出了什麼問題。

「錢被吃掉了？」我好奇地問，只見織子滿臉脹紅，但又一臉懊惱地點點頭。我苦笑著，人倒楣的時候做什麼都不順，連洗個衣服也會被機器欺負，問她還有沒有零錢，而她搖頭，還嘟噥著說日本的自助洗衣店很少發生這種事。

「但這裡是台灣呀。」我從自己口袋裡又掏出零錢，叫她換另一台機器。

給了零錢，也把我的洗衣精借她，看著她從吃錢的洗衣機裡把那些衣服慢慢取出，投進另外一部，我本來已經又要坐下，繼續看雜誌的，但眼光一瞥，卻忽然愣了一下，她拿出來的衣服當中，怎麼好像有幾件男人的寬大上衣跟四角內褲？是我眼花了還是鬼遮眼？那當下我滿懷疑惑，再看看織子，她倒是好整以暇繼續動作，好像一點也沒發現我在一旁偷看。可奇怪了，這日本婆子不是前幾天才因為失戀而哭得死去活來嗎？怎麼今天送洗的衣服裡居然就有男人的內褲，難道她那麼快就找到新的宿主了？啊，說「宿主」好像有點過分，不然換成「靠山」好了。我在心裡想，阿泰呀阿泰，你這下沒機會了。

重新擺好衣服，洗衣機啟動後，織子沒有離開，就坐在我旁邊。既然都坐下了，又不是完全陌生，如果不聊個天，好像有點說不過去，我把雜誌放下，但一時找不到話題，反而織子忽然開口，先就那天的事又是道歉跟道謝，還說改天請我去她打工的咖啡店，她要回請我吃頓飯。

「妳怎麼會在那裡打工？」我問。織子告訴我，她搬到我們住的那棟大樓不算太久，除了上課，平常靠著在咖啡店打工來練習說中文，薪水雖然不高，總不無小補。

「怎麼會想學中文？」

「日本很多人學。」她說近年來在日本有一股學中文的流行風氣，本來日本就有不少中國或台灣的留學生，而且現在到日本旅遊的中國觀光客很多，中日貿易頻繁，多學點中文，以後找工作也方便。

話題很簡單地開啟，但也輕易就結束，我忽然覺得有些尷尬，看起來她好像很樂意跟我多說幾句，可惜我不曉得能聊什麼。正躊躇，一台洗衣機停下，我的衣服已經洗好。

把蓋子掀開，要將這些衣服挪到烘衣機裡，本來那是非常簡單的工作，但織子忽然跟著起身，她親切地問我是否需要幫忙。

「噢，不用了，這只是一點小事而已。」我微笑著，也就在那瞬間，忽然從一把掬起的衣物中落下幾件，其中一只是我的襪子，那沒什麼，但另外幾件可就有點尷尬了，那包括一件年輕女孩才會穿的細肩帶小背心，上面還綴飾著好幾顆水鑽，在這日光燈下顯得晶亮晶亮。還有一件非常搖滾風的裙子，不但點綴著好幾圈的黑色蕾絲，而且真的短到不行。

「我妹的衣服。」我很正經地說，卻無法改變織子臉上有些複雜的表情。

「你妹妹？」織子有疑惑的表情。

「對，我妹妹。」我懊惱地說。

沒看過不表示不存在的道理，大家都應該知道。那比如愛情，或比如我妹妹。

07

我是真的有一個妹妹，比我小幾歲，現在還在念大學。她偶爾會來台北鬼混，總是借住在我的小房子裡。每次接到她說要來的電話，我就彷彿看到窗外的天空黯然失色，整個烏雲蓋頂，活像什麼惡魔即將降臨似的。她每次來都不會住太久，而我也不可能忍受她太久，頂多幾天，她就能輕易毀去我苦心整理得井然有序的環境，再留下一堆垃圾，跟幾件忘記帶走，不曉得塞在哪個角落，非得像現在這樣，因為大掃除而被我發現的爛衣服，天知道沙發下為什麼會有一件迷你裙？

不過儘管我說得非常真摯而誠懇，但織子臉上總是似笑非笑的，我試著很認真地告訴她，就算我要挑女朋友，也絕不會挑這種重金屬搖滾醜女。

「你妹妹不好看嗎？」她問。

「她小時候曾經表演一項特技給我看，看完後，我就覺得她的一生算是完了。」我把自己的右腳扳起來，讓腳底板抬高到胸前，這已經是我大腿柔軟度所能負荷的最極限，然後說：「我妹表演用腳趾頭挖鼻孔給我看。」

織子哈哈大笑，她一點也不覺得荒謬，居然還覺得非常可愛。講到兄弟姊妹，她滿是艷羨，原來織子是獨生女，家裡的親戚又少，從小到大，除了同學，別無其他手足，再加上父母親管教得嚴，她根本沒多少機會出去跟別人玩，每次只能一個人在自家院子裡，對著一地玩具自言自語。

「八百塊，賣妳。」我說：「如果那種會把腳趾放到鼻孔裡的妹妹是妳喜歡的類型，那就賣給妳，我一點都不介意。」

我本來以為她來台灣後，是跟其他台灣學生一起上課，但織子說不是，她在華文中心開辦課程裡的同學全是外國人，大家經過不同程度的華文能力測驗後，區分成不同的班級上課，所以平常如果想跟台灣人交談，大多得靠自己找機會，有些人會參加語言交換活動，但她去過幾次後，發現所學其實有限，後來乾脆就不去了。

「中文很難學嗎？」我說自己大學時曾學過一年的初級日文，當時就被那些要命的時態跟語法給嚇壞了，總覺得日語應該是世界上最龜毛的語言。

「中文很難，非常難，外國人都說很難。中文沒有公式，變來變去，一個字很多用法，搞不清楚呀。」她想了想，說：「比如，你們常常講的那個髒話。」

「噢！」我笑了出來，果然世界上不管哪種語言，大家最容易學到的，往往都是髒話。一個幹字確實可以有很多解釋，就算是講究禮儀的日本女孩，來到台灣也一樣對它印象深刻，並為這個字所困擾。說著，織子忽然又問我，為什麼中國人祝福別人生日快樂，要說福如東海，壽比南山，她不能理解，為什麼東西南北，選擇的是東海跟南山，而不能是西海跟北山，這些中文的俗語、俗諺或成語之類的，她在課堂上學了不少，但經常一邊聽，心裡卻充滿疑惑，可是其他同學沒人發問，她也感到納悶，難道大家都不覺得有問題嗎？

「因為中國很大，但是只有東邊靠海，大家覺得海很深，所以叫作福如東海，希望福氣跟東海的海水一樣，多得用不完；至於南山呢，中國南部有很多山，每座山都又大又高，所以希望壽命跟山一樣高。」我說。

「可是這裡是台灣，不是中國。」

「以前台灣也是中國的一部分嘛。」我開始感到為難，這問題好像怪怪的。

「但是，現在台灣，是台灣，中國是中國，是不同國家吧？」

「我們現在討論的是中文，不是誰屬於誰的問題嘛。」

「但是……」

「妳那麼喜歡討論誰屬於誰的問題，那我們就先來研究一下，看看釣魚台的主權問題該怎麼解決好了，妳覺得怎麼樣？」我一瞪，織子不但沒有害怕，反而笑了出來，而我不得不承認，她笑起來時，露出小虎牙跟酒渦的樣子很可愛。

眼見得機器都還在運轉中，左右也只是等，我問她想不想喝點什麼，今晚台北微涼，鋒面未到，初冬的清涼氣息讓人舒坦。我們走到便利商店，本來織子說要回請我一杯咖啡，但我搖頭拒絕，只拿了冰可樂。

「你喝咖啡，會睡不著嗎？」她自己點了熱的卡布奇諾，回頭問我。

「倒還好，」我瞄了牆上的咖啡品項一眼，也不鳥那店員會有什麼不爽的眼光，直接說：「便利商店的咖啡算得上是咖啡嗎？頂多只能是安慰失戀者的飲料而已吧？」

「不好喝嗎？」她苦笑了一下，又有點疑惑地問。

「簡直糟透了。」而我回答。

走出便利商店，本該直接回去等衣服洗好的，她卻在門口駐足，問我有沒有聞到一股味道。

「臭豆腐？」我嗅了兩下，指指相隔幾個店面前，已經好晚但還沒打烊的小攤販，他們的臭豆腐非常有味道。織子說她每次走這條巷子，都會聞到那陣香味，但只要稍微走近一點，卻又覺得味道有種說不出的怪，因此每每卻步，不敢買來嚐試。

「妳學了那麼久的中文，學到文字、文化跟歷史，但如果對我們的日常生活還帶著遙遠的距離，那妳就永遠無法融入真正的中國……或者台灣的社會。」說著，我帶她走到攤子前，開口跟老闆點了一份臭豆腐。

「先生，要辣嗎？」老闆問我。

「小姐，要辣嗎？」而我問她。

「不吃這個，可以嗎？」結果她害怕地問，我跟老闆當然一起搖頭。

那應該是無聊的夜晚裡，最有趣的一個畫面，當她在我的慫恿之下，挾起一大塊臭豆腐，連著一坨泡菜塞進嘴裡，一口咬下，湯汁溢流，又嗆又濁的味道讓她幾乎忍不住哭出來的瞬間，我放聲大笑，拍拍她的肩膀，說：「歡迎妳來到台灣。」

我說今晚才是她真正來到台灣的開始，而她說原來台灣人都很喜歡惡作劇。

那天，吃下第一塊臭豆腐，幾乎哭出來的當下，她同時也嚐到了臭豆腐的香味，適應那味道後，接下來的整盤幾乎都是她一個人吃光的，咂咂嘴，問我臭豆腐是怎麼變臭的，我隨口瞎掰，說臭豆腐的臭味都來自死魚死蝦，製造工廠把死掉的魚蝦跟豆腐醃在一起，才會變得那麼臭。

「可是那個招牌，寫素食可以吃，素食不是沒有肉嗎？」織子先點點頭，然後又搖搖頭。

「噢，那表示他用的是活魚跟活蝦。」我依舊誠懇認真地說，而這傻得可以的日本婆子就這麼乖乖地相信了。

織子說她在台的這段時間，除了上課跟打工，還希望能多看看台灣，想更認識這個地方，不過到目前為止，去過的地方寥寥可數，很多台灣的風景，都還停留在上網瀏覽或電視介紹的嚮往階段。

「光想有什麼用呢？應該直接去看看呀。」

「我以前，一直，想等我男朋友來，」期期艾艾的，她說：「想一起去。」

那樣說著時，她眼神中有種讓人難以形容的複雜，而我似乎也約略可以明白意思，本來想勸勸她，旅行未必非得兩個人去不可，就算分手了，男友不會來了，但她還是可以走自己的路，就算回到日本以後，面對的是愛人已經離去的事實，至少她還能保有在台灣的美好回憶。看著她那樣的神情，讓人忍不住很想多關心一點，或者陪她到處去走走看看，轉移一下注意力也好。只不過，當我這樣想著，就忍不住想到她丟進洗衣機裡的男人衣褲，媽的就算要花錢花時間陪她出去走走，也應該找那件四角內褲的主人才對吧，憑什麼要我去做這種事呢？

「你不像這麼死腦筋的人呀，就算她還有別的男人，那又怎樣？」時隔幾天後，在一個下午茶時段裡，我把這件事告訴死黨們，尿床妹很大方地攤手說：「反正出外人只是吃個粗飽，你又何必跟人家當真？」

「有道理，正所謂為善不落人後，她既然是個需要安慰的人，那就不差多你一個去安慰她。」阿泰立刻接話。

「其實是你也很想湊一腳吧？」我瞪他一眼，又對尿床妹說：「妳哪時候養成這種錯誤觀念的，小心我去告訴妳媽！」

這種奇怪的三人圓桌會議極其偶爾才會上演一次，許多年來，阿泰一直對尿床妹的姿色垂涎不已，可惜尿床妹不喜歡滿腦子只想跟女人上床的那種男人，她多多少少還是有點眼光跟選擇的能力。

今天碰面是為了討論一個夢想，不過這夢想與我不太相干，認識多年來，阿泰始終很想開家屬於自己的店，現在他挑中了一個還不錯的點，價錢合理，而開店所需的資金也不成問題，反正他老爸留了一大筆遺產供他揮霍。這傢伙現在最苦惱的，居然是不曉得弄家店要賣什麼才好。

「雞排、手搖飲料店？」我提議。

「蔥抓餅、西瓜汁？」尿床妹接著拋想法，但阿泰一直搖頭，問我們能不能有更時尚的建議。

「時尚雞排、時尚飲料店？」於是我說。

「時尚蔥抓餅、時尚西瓜汁。」尿床妹還沒說完，阿泰已經不想再跟我們囉嗦了。

那是一場毫無建設性的會議，我們三個人在便利商店外的小桌子邊抽了半包菸，喝掉一手啤酒，但什麼結論也沒得到，阿泰一直要大家幫忙想點子，還要我在他開門立戶後，最好也過來幫忙，卻遭我一口回絕。

「我一個月付你兩萬二的薪水，這搞不好都比你賣保險的收入還要高。」他問我為何不要。

「非要找一個理由的話，」我沉吟了半晌，才說：「大概是因為我不忍心看你糟蹋店裡每一個女員工吧。」

無聊的廢話與沒意義的討論持續到下午四點左右，尿床妹要去找一個保戶收錢，阿泰也還得回他快要離職的機械公司打卡下班，而我則收拾收拾這一下午的悠哉心情，正打算撥幾通電話，看看能否聯絡到什麼客戶的，但手機先響起，一個陌生的號碼，卻是我最近很熟悉的聲音，織子在電話那頭先說了好幾次抱歉，然後才問我現在是否在家。

「一個快三十歲又滿懷進取心的男人，這種時間是不應該在家的。」話說得快，不知道她是否聽得懂，織子嗯嗯了兩聲，大概還沒會意過來，我笑著問她是否有事。

「郵局，可以幫我寄嗎？」猶豫了半晌後，她說。

那麼簡單的一句話，我當然可以聽得懂，她想去郵局寄點東西，但可能遇到了一些麻煩，所以才問我能否幫忙，而我不解的是，這原本是非常輕易可以說出口的請託，為什麼她在電話中卻遲疑了？

「要寄什麼東西？」不算太遠，只花了二十分鐘，我騎車來到與織子約定的郵局。地方不大，但裡面又擠又亂，鬧烘烘的，跟菜市場也沒多大差別，我跨過蹲在地上整理包裹的一位婦人，繞過了在門口擺設的幾個攤位，挨到一臉無辜，只能縮在角落的織子身邊。她拿出一個小紙包，說裡面有些照片跟卡片，都想寄回日本去，本來以為寄個東西應該很簡單，沒想到櫃台人員遞給她好幾張表格，當場讓她看傻了眼。

我從來沒有寄東西到國外的經驗，那些單子也是生平首次見到，不過還好基本的內容都看得懂，有些需要填寫英文的地方，我跟織子說了一下，她很快就能填寫完成，而有些連我也不清楚的部分，什麼報不報稅的，則拿到櫃台去，請郵局的人員稍做解釋後再處理。

「裡面的東西很值錢嗎？」聽完解說，我問織子。

「很值錢。」她認真地點頭。

那當下我一愣，心想該不會是什麼證件或鈔票吧？正想再問得更仔細，織子卻說那些都是她在台灣所拍的照片，還有手寫的卡片。

「這個嘛……」我想了一下，決定用一種比較客觀的角度，對她說：「我們現在所討論的值錢與否，是指這些東西實際上所值的金額，它是不是可以賣出很昂貴的價格，妳懂嗎？如果是，那就會牽涉到稅金問題，妳現在要寄這個包裹，就會需要負擔更高的費用，了解嗎？」

「噢，」她臉上一赧，「那這個沒有很值錢的。」

我點點頭，轉頭又跟櫃台那邊討論了一陣，最後幫她將所有手續都辦好，櫃台臨收件前，忽然問我要不要在包裹上寫寫收、寄件人的漢字姓名，反正東西是寄往日本，日本人都有漢字姓名嘛，資訊寫得更清楚點，東西也就更能平安寄到。我想想也有道理，拿起筆來，寄件人寫了千川織子四個字，又回頭問：「妳這東西寄給誰，能不能寫下對方的漢字姓名？」

那當下織子忽然一愣，她頓了一下，這才提起筆來，寫了一個我怎麼看都覺得應該是男人才會取的名字，叫作野田康成。

「該不會是男朋友吧？」我忍不住心裡的好奇。

「是以前的男朋友。」她有點不好意思。

「既然都分手了，怎麼還要寄台灣的照片跟卡片給他？」當這一切都處理好，走出郵局時，外面已經下起了雨，鋒面正式到來，冬天也宣告開始。

「我從以前就希望，能跟喜歡的人，一起分享生活，那些，是我以前就答應要寄給他的。」她說得很認真，一邊說，一邊帶著手勢，「我想要讓他知道，我在台灣，都有在想他。」

「但他未必想知道呀，甚至，他在日本搞不好根本就沒在想妳，否則又怎麼會跟妳分手？」我說的都是事實，也非常合邏輯，這絕對是合理的懷疑，但我疏忽的一點是，聽到這幾句話的人是否有可以承受的堅強的心。織子忽然停下腳步，就在郵局外的騎樓邊，流下了眼淚。

一方願意給，一方願意收，那才是愛情。

為了她那幾滴眼淚，我大概說了兩百句對不起。實在不是故意說那種煞風景的話，但儘管只是一個旁觀者，我也著實有些難以接受。為什麼明明都被拋棄了，卻還要寄上那些她在台灣所拍的照片與精心挑選的卡片給對方呢？那個人不就是因為討厭妳來到台灣，才選擇跟妳分手的？妳現在寄這些東西，難道對方看了會比較開心？難道他就會回心轉意？難道死去的愛情就會再活過來？

不過顯然是我太粗心了，只順著自己的想法，不假思索就說出口，才惹得織子掉眼淚，而哭著，她還跟我道歉，說自己實在很不爭氣，又拖累我的時間。

「沒關係啦，反正我也很閒。」有點無奈，我說今天本來就沒約客戶，倒是聊起跟阿泰他們討論的事。織子說她在咖啡店裡打工一陣子後，感覺那樣的生意委實有限，大多數客人也未必真想喝咖啡，頂多只是吃飯，與其承受高風險去經營咖啡店，她建議最好再多考慮考慮。

「如果是妳，妳想賣什麼？」我問她：「以妳的觀點，什麼店會讓妳喜歡，讓妳想踏進去？」

「餐廳吧？小的，可愛的。」她想了想，說：「賣waffle、pikelet，那種的。」

那當下我先是一愣，跟著才會意過來，都說日本人的英文很爛，其實也不盡然，至少人家背的單字不比我們少，只是那腔調讓人不敢恭維，所以我費了點時間才聽懂，她說的是不同種類的鬆餅。織子說她們這樣年紀的女生，會喜歡喝下午茶、吃吃鬆餅之類的輕食，如果還可以在店裡輕鬆聊天，那一定很受歡迎，說著她問我是不是也想開店，但我搖頭，哪來的本錢可以開店，現在是阿泰在打這主意，只是他如果真的一頭栽進去了，需要人手幫忙時，我也許會出點力而已。

「聘請我好嗎？」她指指自己，「工讀生便宜貨。」

「那叫作廉價勞工，不是工讀生便宜貨。」我笑著糾正她。

開店哪，這可是我們一群人以前都有過的夢想，但夢想的規模會隨著年紀增長而愈來愈小，到最後就只剩下偶爾想想。就像現在，我總不可能拋下一切，跟阿泰一起攪和下去，頂多站在朋友立場，隨便給點意見而已，反正那傢伙對什麼都不太認真，沒人曉得接下來會怎樣。很晚的時候，我接到老媽的電話，她是個標準的政治狂熱老太婆，最近在我們宜蘭的縣黨部勤於走動，意外替我接觸到不少潛在客戶，還要我有空回去一趟，也許可以談到幾張保單。

連賣保險都要老媽幫忙，真有種窩囊感。我叼著香菸，走出門口，在天台上晃了一圈，看看那一盆盆被住戶們惡意遺棄的盆栽，這美其名是綠化，但根本就是放生，任由它們自生自滅。本來那也不關我的事，但這些綠色植物一到夏天，全都成了蚊蠅的溫床，最後的受害者可是我。站在那堆盆栽邊，我先瞄了一眼，確定四下無人，便拉開褲子拉鍊，對著那些盆栽撒起尿來，所有物種都需要天敵來壓抑生長，以維持大自然平衡，在這裡，我就是這些植物的天敵，這大半年來，多虧我用尿水澆死了好幾盆，才讓夏天的蚊子稍微少了些。

沿著盆栽尿過去，我忍不住輕輕哼歌，心裡有種愉悅的快感，卻忽然發現角落邊不知何時又多了一盆，那應該是仙人掌之類的吧？你媽的連仙人掌這種丟著不管也不會死的植物都不肯好好照顧，還敢給我搬上來，真是太可惡了！

我眉頭一皺，移動兩步，尿柱對準了小盆子，當下集中火力，把剩下的尿液全都賞給了仙人掌，眼看著將它徹底「洗」過一回，膀胱裡彈盡援絕，這才心甘情願。

接連兩天，我去公司報到後，便悠哉地又晃回家，不過儘管保險賣得馬虎，但網路上的人力銀行徵人訊息我卻看得很用心，只是找來找去，似乎沒有令人很想嘗試的職業，反倒是阿泰一直打電話來，每次都聊上大半個小時，那小子當個機械公司的外務也不太盡責，整天只想著要自立門戶當老闆。

起初他在電話裡說來說去盡是些空想的內容，包括網咖或服飾店都被納入考慮範圍，而聽我轉述過織子的意見後，他沉吟了一下，問我要不要出來談談。

今天的雨有點大，我其實挺懶得出門，但看在他自告奮勇要請吃晚餐的份上才答應。穿著雨衣，我朝著離家不遠的咖啡店過去，阿泰那小子的用意，我難道還不懂嗎？討論開店事宜都是狗屁藉口，約在那家咖啡店的目的，還不就是為了看織子？我在電話中冷笑，心想，有必要這樣去貼人家的冷屁股嗎？她就算被日本男友給甩了，但在台灣這邊，洗衣籃裡都丟著男人的四角內褲了，還輪得到你去看個屁？我一邊想，又覺得織子這女人可真怪，講到她日本的前男友時是一派楚楚可憐的樣子，而對比於她還跟其他男人過從甚密的情形，真是天大反諷。

機車騎得不快，我非常討厭那些雨天裡還開快車，弄得水花到處亂濺的汽車駕駛，一邊閃躲水花，一邊也小心翼翼，就怕這種天氣裡輪胎打滑，車速控制在五十公里上下。眼見得距離咖啡店已經不遠，就差一個路口，我已經準備停車，卻忽然聽到好大一聲喇叭，嚇得我趕緊往旁偏去，而與此同時，一輛汽車從我後方超過，呼嘯而去，喇叭聲不絕的同時，水花差點濺了我滿臉。

「幹。」直接罵了出來，我看著那輛駛遠的車子，正滿肚子火，沒想到反而因此疏於看路，車輪輾過一個大水坑，嘩啦一陣，我也濺出了一大片水霧，全往一旁的人行道灑過去，那當下我不及回頭，但已經聽到慘叫聲。瞬間心頭一驚，我萬沒想到會發生這種事，一想到現在濺起水花也算駕駛違規，會被人拍照舉發，當下趕緊猛然換檔，油門一催，我急著往前逃竄，引擎與雨滴敲打安全帽的聲響外，我隱約還聽到後面傳來好多人的破口大罵。

「你他媽的是怎樣，路上撞死人了嗎？一副後面有鬼在追的樣子。」看到我臉上一陣青一陣白，阿泰站在咖啡店門口抽著菸，也不管我雨衣脫了沒，急著就問哪個是生魚片。

我先給了他一隻中指，把雨衣跟安全帽收好，踏進店裡，只見櫃台邊幾個女孩正忙活，沒有看到織子。剛找個座位坐下，也點了一杯飲料，才想打電話給織子，問問她今天是否不上班，忽然店門口開處，走進來一個狼狽的身影，她滿頭滿臉都是汙水，身上的白襯衫也被濺上好大一塊汙漬，每走一步都拖出好長的水痕。嚇得櫃台裡那幾個女孩連忙跑過去，有人遞紙巾給她擦臉，有人趕緊接過她手上的包包，還有人問她有沒有受傷。

「車子噴水在我臉上。」幾乎都快哭了出來，織子臉上是又急又氣的表情，說：「台灣人騎機車，都很機車……」

有些祕密，我永遠都不會告訴妳。
這是第一個。

10

說要討論開店事宜果然只是個幌子，聊不到半小時，我們已經結束會議，結論非常出人意表，就是阿泰說他還要再繼續挑店面，等挑到更適合的再說。對於這一齣浪費我好幾天時間的鬧劇，除了更多隻中指外，我賞給他的還有所知的每句髒話，聽得送餐點來的織子瞠目結舌。

「不要學，會變壞。」一邊罵阿泰，我還一邊跟織子說。

悻悻然地結束那天的討論後，我又回到原本枯燥無聊的生活，保險雖然賣不好，但收入總算還夠糊口，這天中午，我看完網路上的徵才資訊，百無聊賴，本來想出去吃飯的，一打開門，卻看到頂樓另一邊的棚架下有人，織子居然蹲在那兒，臉上滿是懊惱。

「怎麼死掉了呢？」有些無奈，她望著擺在地上的那些盆栽，順著視線看過去，原來她說的是仙人掌。

「這是妳的呀？」我有些心虛。當然會死，儘管有棚架可以稍微遮住一點最近的雨水，但它每天半夜都被我用尿澆個一兩遍，想好好活著也很難，只是我沒想到，這居然是她種的。織子點點頭，她說上來過幾次，看到頂樓擺了很多盆栽，還想說自己家的仙人掌也可以拿上來曬曬太陽，也許可以長得更好，沒想到居然就死掉了，一邊懊惱，還一邊問我，是不是大家都有按時上來照料。

「照料？別開玩笑了，這些都是大家棄養的，那些住戶根本理都不理，會給它們施肥的，天底下大概只剩我了。」我嗤之以鼻。

「你真的是一個好人。」當她非常誠懇地說出這句話時，我臉上的微笑其實尷尬至極，施給盆栽的肥料就是我每天晚上的那泡尿，而施著施著，尿水就鹹死也淹死了織子的仙人掌。

這樣也能算得上是個好人嗎？這世界上對好人的評分標準有這麼寬鬆嗎？如果我也算得上是個好人，那我的人生、我的事業、我的愛情會不會也都有好報？當我從花店走出來，看看捧在手上那盆打算賠償給人家的黃金葛時，心裡不斷嘀咕，而再一想到為了買盆黃金葛，已經用掉一整天的吃飯錢，我就覺得有良心的好人還真他媽的難當。

那天在路邊把織子噴濺得一身濕的人就是我，而我不敢承認；半夜裡去花盆澆尿害死仙人掌的凶手也是我，但我也沒膽子認錯，這樣還能算好人嗎？好個屁，我只覺得自己忽然又多了一個永遠不能告訴她的祕密而已。

因為心虛，所以想要補償，我捧著那盆綠色植物回來，已經打電話問過，織子說她在家，還問我要不要到九樓去看看。

把一個陌生……或者說還有點陌生的男人給邀請入家門，這樣好嗎？我忍不住搖頭瞎想，但所想的不是這個女生會不會太隨便，或者缺乏戒心的問題，我真正想的，是她屋子裡那幾件男性四角內褲的主人，倘若要是被知道我趁他不在，闖進他馬子的住處，會不會惹來什麼風波？想到這裡的同時，我於是又想到織子的眼淚，這真的太怪了呀！不是很愛那個遠在日本的男友？念念不忘到了要寄照片給他的地步？為什麼台灣這邊還有別的男人？這不是非常矛盾嗎？一個人要怎麼把一顆心拆成兩半，分別付出給不同的兩個對象呢？這算不算是一種特異功能？

想到後來，我覺得非常累，索性還是別管太多了，有些人一次只能愛一個，有些人卻能同時愛很多個，這就叫作一樣米養百樣人，人家如果不介意，那我也無從置喙。九樓邊間，一道老舊的金屬門邊，我按下電鈴。

日本女生的房間會是什麼樣子？跟台灣的女大學生應該也相差無幾吧？我所認識

的織子，除了語言之外，其他方面幾乎讓人感覺不出她是外國人。正在猜想，門忽然開啟，那當下我忽然一愣，她身上穿著的，赫然就是一件男生的上衣，肯定是，百分之八百可以確定，因為實在寬鬆到不行，織子的身高不超過一百六十五，但這顯然是個胖子才會穿的大尺碼，下襬都長到遮住短褲了。

「妳在洗衣機裡收錯了別人的衣服嗎？」我有點拙於措辭，猶豫著說，而她也錯愕了一下，跟著卻笑了出來，說：「這是我的呀。」

看我還沒搞懂，她笑著讓我踏進屋裡，才說那是她透過網拍買的衣服，本來以為平常當休閒服穿，可以買得寬大一點，沒想到衣服到手，卻發現寬大過了頭。

「真是妳的？」如果以為這種理由就能說服我，那她未免也太天真了。進到客廳，這屋子非常小，雖然五臟俱全，但每處空間都只有一丁點大，全都收拾得井然有序，絲毫不見紊亂，同樣是二十出頭的年輕人，看來國情不同，表現在生活上也果真有差，我腦海中想起前女友住過的地方，也想起宜蘭老家，我那個蠢妹妹的房間，跟織子這兒一比，真的跟垃圾坑沒有差別。

不過儘管如此費心整理過，但畢竟百密一疏，當我瀏覽過房子格局，再一轉頭，便看到客廳外的小陽台上晾曬著幾件衣服，明明就有男人的四角內褲在那裡，只是我不好意思開口點破，但織子卻忽然「啊」地輕呼一聲，害羞地跑到陽台邊去，她趕緊拉上窗簾來遮掩，但來不及了，早被我一眼全看光了。

「如果不方便的話也沒關係啦。」我苦笑著，本來就不是特地要來作客的，我把黃金葛擺在桌上，說是要送給她的禮物，說完，我已經準備起身。

「那個……不是，你一定是誤會了。」她有些尷尬，躊躇了半天，似乎有話想說，卻又說不出口。

「不要緊的，沒有關係啦。」我這下笑得更為難了，心裡不斷咒罵自己幹嘛多事，人家屋子裡到底有沒有男人，那跟我有半點屁關係，輪到我來干涉？我急忙起身，沒想到一個不小心，膝蓋撞到矮桌，那盆黃金葛被打翻，小花盆裡本來就裝著水的，這下全都溢流出來，還直接滴到地板上。

「對不起！」簡單的三個字，我們同時脫口而出，那瞬間我急忙伸手去扶住盆身，免得它整個滾落地上，而織子則急匆匆地轉身跑進廚房，拿了抹布出來，二話不說就跪了下去，急著要擦拭地上的水。

「不好意思，我不是……」我連聲道歉，正想著自己應該怎麼幫忙才好，卻看見織子跪在地上擦水，她把寬大的上衣拉高，就怕衣服也弄髒，那一彎腰，背後露出了短褲與一點點內褲的褲頭時，我整個人差點沒昏過去，原來這屋子裡真的沒住別的男人，而那些四角內褲……是她的。

現實或許從來也並不美，但至少，現實中有妳在我眼前。

心不在焉地對著一群年紀大概都比我多個二、三十歲的先生、太太們解釋完保單內容後，我並不期待他們有何反應，滿腦子所想的，全都是自己在千川織子這個來自日本的女孩身上，不知不覺所學到的兩件事情，第一是，即使你原先並沒有惡意，但隨時可能因為各種原因而忽然產生出不可告人的祕密，那些祕密儘管病無關痛癢，對國家社會一點影響也沒有，但你無論如何就是不能把祕密說出口；第二件事情，是我終於明白，其實很多人們日常在用的東西，並沒有明顯的男女之別，比如此時此刻，我鼻子上所貼著的妙鼻貼，也比如她偶爾會在家裡才穿著的男用四角褲。

很久沒回宜蘭，難得一趟回家，當我踏進家門，看著正廳的祖宗牌位時，心裡羞愧不已，真是對不起哪，你們的後代子孫非常不爭氣，退伍後找不到好工作，連賣個保險都得靠老媽子幫忙攬客。

「這個妳可以拍，不過拍完要像我這樣，」做了一個雙手合十的動作，示範給織子看，「要跟祖先們說聲謝謝，知道嗎？」

家裡有個對什麼都充滿好奇的日本女孩走來走去，還拿著相機東拍西拍、四處探頭探腦，惹得我老媽詫異不已，把我拉到一旁，偷偷問我那女人究竟是何來歷。

「朋友。」我聳個肩說。

「只是朋友嗎？」

「至少目前是。」我非常肯定地回答。

不是朋友，不然還能是什麼？當我說這女孩今晚也要在我們家過夜時，老媽居然點點頭，一點也沒打算準備客房的樣子，她還以為織子是我的女朋友，理所當然要一起睡我房間。

這件事有點不合邏輯，但其實也沒什麼好大驚小怪，站在我的立場，不過就是因為要回宜蘭跟一群潛力客戶談談保險，順道帶個朋友來走走的小事而已，但對織子而言，這中間卻有著很重要的轉折。

那一個還不算太深的夜晚，我下樓到對面的便利商店去買泡麵，正在猶豫是否要加顆茶葉蛋時，忽然看到織子也走進來，她穿著外出服，手上捧了一疊筆記，胸前掛著相機，滿臉疲憊的模樣。一問才知道，華文中心辦了一趟老街之旅，參觀台灣老街的同時，也認識台灣的鄉土文化，而老師興之所至，居然出了一個鳥作業，要幾個學生各自去找台灣傳統的鄉下民居，最好是有神明廳的那種，不但要拍照，而且還得做訪談。

「這年頭台北哪有鄉下房子能拍照？而且，誰家非親非故的會願意讓妳拍？」我說，在櫃台邊結帳，乾脆就在這裡泡起麵來，織子買了一盒加熱的鮮奶陪我坐著。

「高先生……」

「叫我小高就好。」我手上還拿著筷子說話。

「可是你年紀比我大。」

「暱稱是跟年紀無關的。」我說。

點點頭，回到正題上，織子說華文中心是小班上課，班上才六個人，大家一聽到這題目全都傻眼，不過卻也很快地找到解決辦法，畢竟這些外國學生都在台灣住了一陣子，認識的台灣朋友不少，東約西找，總有本事處理得來，唯獨她例外，織子說她來台灣一段時間了，既沒離開過台北，甚至也沒去過那種捷運與台北市公車到不了的地方，唯一稱得上是觀光的，就只有一大群同學跟著老師去淡水、去動物園，還去過故宮而已。

「朋友呢？」我問她有沒有住在台北市以外的朋友。

織子搖頭。

「朋友的朋友呢？」我又問。

結果她依然搖頭。

然後我就更不解了，要說身邊沒有住在外縣市的朋友，那還情有可原，她在大學的華文中心上課，只有一堆外國人，但打工的同事都是台北小孩，難道沒人可以幫忙介紹？

「我可能……不是，很能溝通。」她仔細想了想，說：「我中文不好。」

「那跟中文無關。」這回換我搖頭。

「表達的能力也不好。」

「妳用手語或英語也應該能夠通。」然後我又搖頭。

「我人緣太差了……」她差點又要掩面而哭，害我趕緊閉嘴。

其實我大概也能猜得到，織子的個性應該是很慢熱的，但這城市什麼都來去得快，誰有時間跟她慢慢熟？再從說話很謹慎小心的樣子看來，她大概也樂觀不到哪裡去。一邊吃麵，我問她是不是平常不太跟人往來，而她想了想，點點頭。

「為什麼？」

「一點點害怕。」她皺著眉頭，說自己以前就是這樣的個性，很多時候都怕說錯話會得罪人，或者言行哪裡失禮，所以每次話到嘴邊就嚥了回去，再加上來到台灣，人生地不熟，她變得更加小心翼翼，深怕在團體中遭受排擠。

「沒看過妳上課，這個我不曉得，但上班的地方，同事們應該都不討厭妳吧？」想起她被我機車水花濺濕的那天，她同事們一擁而上的關心模樣，我說。

「她們都是好人，」說著，她忽然伸出手來拍拍我的肩膀，「你也是個好人。」

這句話讓我忍不住笑了出來，真是受寵若驚了，而也為了這句話，我才提議她要不要到宜蘭去看看，要拍那些老房子、三合院或神明廳之類的，別的地方我不敢講，但我老家貨真價實就是這種格局，連當年我外公養豬的豬圈都還保留著，只是現在變成車庫而已。

「可是，我沒去過宜蘭。」她又躊躇了。

「不遠呀，搭客運或火車，一下子就到了。」我聳肩。

猶豫了一下，織子說她其實不是沒想過，來台灣以後，一直想到其他縣市去看看，免得將來回到日本，別人問她台灣的風貌，她只講得出台北，那未免太寒酸了點，然而說要離開這城市，那對她又談何容易，就算錢不是問題，但她一來不曉得自己能去或該去哪裡，二來心裡膽怯，也不敢隨便亂跑，至於最要命的則是第三點，她說：「我以前的，日本的男朋友，本來他說，等我放暑假，他要來台灣，跟我一起旅行去，可是現在這樣……」

「妳可以找到一百個不讓自己成行的理由，」我搖搖頭，不想再聽下去，打斷了她的話，「但是妳也可以只找一個理由，讓自己走出去。」

「走出去？」

「是呀，走出去。」我點點頭，指指她的腳說：「這裡，」然後又指著脖子下緣的心口，說：「還有這裡。」

讓自己走出去，只需要一個理由就夠。

12

區間車搖搖晃晃地行駛在北迴線鐵路上，這是往宜蘭的最早一班車。離開便利商店後，我們各自回家，稍微整理一下東西，也短暫小睡片刻，四點半左右我就下樓，而織子已經準備好行李，就在一樓等著。帶她到台北車站，在月台等了片刻，當區間列車進站時，她眼裡有興奮的光。

「日本的電車很搖晃。」她說以前常搭電車通勤上學，比較起來，台灣的區間車乾淨，沒有廣告，坐起來也舒適。

「那是妳現在的感覺，要是再多坐上兩個小時，人又多又擠，還吵吵鬧鬧時，妳照樣會很想哭的。」我哼了一聲。

她開心地拿起相機拍照，而我則後悔剛進車站前沒先抽根菸，現在可得慢慢忍受幾個小時的禁菸生活。

「這個火車要搭很久嗎？」拍了幾張照片後，她問。

「還好。北迴線鐵路是西元一九八〇年，也就是昭和五十五年完工的，至今超過三十年，像我們這種區間車，要一路晃到宜蘭，起碼得兩個小時，這中間會經過很多隧道，也有不少漂亮的風景。」說完，我先享受了一會兒她的崇拜目光，然後才笑著告訴她，這些都是出門前在網路上才查到的資料。

「你喜歡旅行嗎？」笑了一陣，她忽然問。

「老實說，並不喜歡。」我想想，搖頭說：「一來那得花好多錢，而錢是我最缺的東西；二來如果沒做好準備就出門，出去了也看不懂風景裡的巧妙與典故，等於白看。」說著，我問她：「那妳呢？」

「我喜歡跟喜歡的人去旅行。」她說著，這句中文倒是很溜。

「那還真是抱歉，讓妳失望了。」我苦笑。

選擇這麼早的火車，本來是希望能夠看到日出，但剛出門時我就覺得希望渺茫，一來北台灣冬季多雨，二來宜蘭的降雨機率比其他地方都更高，再加上最近好像有過不完的鋒面，就算沒有真的下雨，只怕一樣天陰雲厚，沒什麼陽光。在火車上，我幾次看窗外，天還沒亮，一片黑，所有的星星跟月亮大概都被裹在雲層裡。

「你在看什麼？」織子拍夠了照片，已經開始吃起便利商店的飯糰。

「不曉得能不能看到日出。」我原本還側頭在看窗外，這時忽然想到什麼，轉過臉來看她，「你們日本是不是有什麼雨女的傳說？」

「雨女？」她一愣。

「是呀，雨女。我總覺得每次只要有妳出現，就很容易下雨。」說著，我用懷疑的眼光看她，「其實妳就是雨女對吧？妳在日本混不下去了，就想來台灣發展嗎？我告訴妳喔，台灣的妖魔鬼怪也很多，妳一個不入流的小妖怪是很難混得下去的。」

這話逗得織子哈哈大笑，她說沒想到在台灣居然有人知道雨女的故事。那是個古老的日本傳說，如果有男子看到一位佇立雨中的女子，還願意跟她共用一把傘遮雨，那這個女子就會永遠跟著對方，直到那男的因為嚴重濕氣侵入身體而死去為止。

「你知道很多奇怪的事。」笑夠了以後，她說。

「可惜知道的都是些不能拿來賺錢的玩意兒。」而我聳肩。

「你現在工作不好嗎？」

「不是不好，只是也好不到哪裡去。」我背靠在椅子上，望著車窗外面，黎明前模糊的風景快速掠過，說：「妳有沒有想過自己未來要做什麼？」

織子點頭，卻也說她即使想了，但也沒有任何結論，現在所學的一切，以後能不能真的派上用場，那也難說得很。

「沒錯，就是這樣，我現在就卡在這種狀況裡。」我嘆氣，「不曉得妳有沒有過那種經驗，在公車或捷運上，看看其他的乘客，每次我看到那些人，心裡都在想，難道你們都知道自己正在幹嘛，真的知道自己接下來要做些什麼，要往哪個方向去嗎？大家都不會跟我一樣，對明天帶著一點懷疑嗎？」

「可能人長大，就難免會想到這些？」她點點頭。

「不分國籍，都一樣。」我苦笑。

本來以為她會接話繼續聊下去的，但織子忽然沉默了一下，讓我感到好奇，一轉眼，只見她望著空洞的車廂，在迴盪的列車行進聲中，一臉怔然。

「怎麼了？」

「我以前，覺得未來，都可以，做什麼都可以，」她歪著頭，頭髮披散在肩膀上，像自言自語般地說：「能跟喜歡的人在一起就好了，能這樣就好了。」

看著兩眼出神的她，看著看著，我嘆了口氣。

火車從台北出發，一路過了南港、汐科、汐止，天色似乎開始慢慢要亮，而外面的風景也漸漸清晰，逐漸遠離城市，沿途開始出現山景。織子似乎察覺到了，她稍微坐直了身子，很認真地看向窗外。

「你覺得今天會出太陽嗎？」看著，她忽然問。

「太陽一定會出來的。」我說：「只要妳願意等待。」

出門前我查過網路氣象，雖然降雨機率很高，但總有賭一把的空間，我只希望愈遠離台北，或許天氣就可以漸漸地再好一點。列車過了暖暖，在一片青山遠黛的谷形壑影間，我跟她說了北台灣這一大片隱沒在山谷裡的許多故事，包括以前採礦的風華歲月、那些在九份和金瓜石的故事，以及離此也不遠的十分、平溪線小火車的景點，織子嚮往不已，她說這些之前都曾聽老師約略說過，本以為應該很遠，沒想到原來就在台北的左近而已。

「台灣其實非常小的。」我微笑。

「但是，不踏出第一步，就看不到風景，你要這樣說，是嗎？」她倒是接得很快。

「別以為這樣我就會受到妳的誘惑，把雨傘借給妳用。」瞄她一眼，我說：「妳沒事還是快點躲起來吧，就快出太陽了。」拐了彎還是在嘲笑她是雨女，織子居然瞪我一眼。

很悠哉地搭火車出門，這是我本來想都沒想過的事，雖然目的地其實並不遠，還都是我小時候常去的地方，但身邊坐著一個原本跟我八竿子打不著邊的織子，這種感覺還是很怪。列車一邊行進，她似乎有了想睡的感覺，而坐在靠走道邊的我，本來也沒多少風景好看，車過貢寮，天色已經亮了，果然沒能如願看到日出，我嘆口氣，輕輕閉上眼，但搖來搖去的也不好睡，百無聊賴中，輕輕哼起歌來，希望藉由反覆的旋律來催眠自己。

「唱什麼呢？」本以為織子已經睡著，沒想到她還醒著。

「〈傾城〉。」我隨口哼了幾句，而她聽著卻皺起眉頭，問我唱的是不是中文。

「是中文的一種，廣東話。」我點頭。

「你學過廣東話嗎？」

「當然沒有。」我微笑，其實會的不過就是副歌，唱得對不對也不曉得。

織子說這旋律很好聽，又問了一次歌名，於是我打開隨身的小包包，拿出筆記本來，直接寫給她看。

「這個是什麼意思？」她有些不解。

「城池本來是很堅固、不容易動搖的建築物，就像大阪天守閣那樣，妳知道吧？」我思索了一下，這個詞原來還真不容易解釋，見她點頭，我又說：「用飛彈、大砲，還有怪手都可以把城池給打壞掉，對不對？」說著，我還得岔題先解釋什麼是「怪手」，然後才能繼續講：「『傾城』的意思就是這樣，這裡本來還有個歷史典故，那我們先略過不提，總之，這兩個字，講的就是讓一座城池傾倒的事。」

「那跟歌，你唱的那個歌，有關係嗎？」

「有，」我點頭，「除了飛彈、大砲、怪手之外，還有一樣東西也能傾城。」

「是什麼？」

「癡心的眼淚。」我說。

一滴癡心的眼淚能傾城，我沒見過，但我相信。

我當然不能遺忘，那時節裡與陽光灑滿全身的妳曾如此唱和，
有海風，有火車經過的聲音，有妳按下快門時，我抽著菸的模樣，
還有我偷偷地、不小心地知道了，妳別緻的耳環上有十二顆青綠色珠子。

「你知道，就算大雨讓整座城市顛倒，我會給你懷抱，
受不了，看見你背影來到，寫下我，度秒如年難捱的離騷。」*

＊〈小情歌〉，蘇打綠

13

車子接近大里站時，終於看見陽光透過雲層，形成一束束的光，正好投映在海面上，一片亂竄的光影間，織子忍不住發出讚嘆，拿起相機急著不斷拍攝，而我忽然心念一動，問她要不要乾脆下車走走。

「下車？」她愣了一下。

「妳也許會多花點時間，但無傷大雅的小岔路上卻可能發現更美的風景。」我笑著起身。

反正沒什麼行李，不過就是一人一個小包包而已，列車抵達大里車站，非常小的月台，天也剛亮不久，不過倒有不少通勤的學生。

可能昨晚下過雨，月台上到處積水，我們踩著跟別人不同的步伐，朝著站外而去，早晨的空氣很新鮮，在微微的日光下，她三步併作兩步，輕快地往階梯上去。這車站比外頭的路面還要低，跑到高處，一回頭，遠遠處就是太平洋。

「大阪靠海嗎？」沒去過日本，我問。

「算是吧，可是有一些遠，也不是真的很近。」她說話的同時，很認真地不斷拍照。我忽然在想，拍了那些照片之後呢？又要寄回日本嗎？想想還真是羨慕那個男人哪，有個愛他的人，在那麼遠的地方，卻時時刻刻想把所見所聞的一切都與他分享。那我呢？我他媽的只有一個兵變後遺棄我的前女友，還把我所有值錢的東西都變賣光了。

「你不上來嗎？」站在階梯頂端，她對我招招手，喊了一聲，而我把手一揚，說要先抽完這根菸。織子笑了笑，拿起相機，居然拍了一張我站在階梯下方抽菸的照片。

「妳回日本之後，會不會也拍了照片寄給我？」不知怎地，我忽然想這麼問。

「當然好，但是你會記得我嗎？」長長的階梯那端，她問我時，有遠方海面上投映的晨光灑滿她全身。

突兀的電話鈴聲乍然響起，一大早的，如果不是今天有特殊狀況，其實我對這種八點之前的電話是一概不接，或者接起來肯定破口大罵的。阿泰迫不及待，說他已經忍了一整晚，這好消息他現在第一個就要與我分享。

「你哪個馬子懷孕了嗎？」我一說完就覺得不對，這對阿泰來說應該是天大的噩耗才是。

「錯錯錯！」他在電話裡興高采烈地告訴我，昨晚有個仲介來電，約他去了一個店面，環境條件非常好，租金又便宜，正是他理想中的夢想實現之地。

「那裡是不是有死過人？搞不好大白天的就有鬼，所以才會那麼便宜。」我又潑了一盆冷水。

「呸，少烏鴉嘴。」他一點都不受影響，還問我下午是否有空，能不能一起再到店面去看看。

「有什麼好看的？你的錢、你的店，你愛幹嘛就幹嘛，到底關我屁事呀？」我不耐煩地說。

「最好不關你屁事，天塌下來要搶救地球我都算你一份。」他這人也沒多少耐性，又問我到底有沒有空。

「有呀，如果你願意來接我的話。」

「你在哪裡？」他一愣。

「北迴線，大里車站，南下月台邊，距離海岸線大約三百公尺的地方。」我抽著菸，一派慵懶的口氣。

「沒事跑去哪裡幹嘛？你自己去？」他似乎嗅到了一股什麼味道，也讓我不勝佩服。

「跟生魚片。」

「幹。」然後他就直接掛我電話了。

掛電話後，織子問我是不是有很多好友，但我搖頭。從小到大，雖然認識的人很多，但真正能成為朋友的卻少得可憐，我說這大概是因為不善與人來往有關，那麼多年來，和我要好的哥兒們也就只有一個阿泰，另外再加上尿床妹等幾個人而已。

「不覺得孤單嗎？」

「妳呢，妳的朋友應該也不多吧？」我苦笑一下，卻反問她。

織子點點頭，說自己雖然是土生土長的大阪人，從小到大有很多住在當地的同學，但真正要說上幾句心裡話的朋友卻不多，我問她大阪是否跟台北差不多，她想了想，卻給了一個讓我啼笑皆非的答案：「紅綠燈一樣很多。」

或許那就是城市裡特有的生態吧？人跟人關係很緊密，但心與心之間的距離卻極疏遠。當我們搭上下一班車，繼續往宜蘭方向去時，織子全身靠在椅子上幾乎快睡著，她抱著手上的包包，側著頭，睡著時，眼睫毛還微微顫動著。

還沒跟老媽說要回來，因為一時也還沒想好該怎麼解釋，要知道，並不是每個老人家都能夠理解兒子跟一個來路不明的女人一起出門「走走」的這種事，至少我認為我媽應該就辦不到。在還沒想好該怎麼開口之前，我們還有一點時間，搭上火車又過幾站，當我說又要下車時，織子還一臉惺忪，眼前的外澳站比剛剛的大里站更小更舊，車站裡連站務員都沒有，而站外是一片清淨，唯有滿地落葉。

「現在要去哪裡？」她很疑惑。

「去一個就算沒有朋友也不會無聊的地方。」我笑著，手指向穿越馬路就能抵達的海灘。

外澳的海邊很乾淨，雖然沒有艷陽天，依舊看得到藍色的海。我坐在小沙灘邊的石頭上抽菸，而織子已經走了好遠，她今天穿著及膝的裙子，腳下是一雙涼鞋，在沙灘上踩出了不少腳印。沒有朋友又怎樣呢？我抽著菸，看著天空、海灘、沙子、一草一木，還有一陣陣浪花，這不是挺熱鬧的嗎？

「你在偷睡覺嗎？」不知何時，織子逛回到我旁邊萊。

「這些聲音很好聽。」望著遠遠的龜山島，聽著身邊的所有聲響，我說：「這些聲音都很天然、很天真，他們高興就高興，不爽就不爽，從來也不會騙人。」

「你很常遇到騙人的人嗎？」她有點不解。

「我們常被騙，但也經常騙人呀，年紀愈大就愈身不由己，甚至，有時騙的不只是別人，還得騙騙自己。」

「騙自己？」織子愣了一下。於是我笑著告訴她，這種事要等她出了社會，才會慢慢體驗，我們常常遇到很多無法克服的無奈，但沒辦法，為了讓自己活得簡單與快樂，有時只好自我催眠，假裝那些並不存在。

「這樣很累。」她點頭。

我聳個肩說：「這可能就是長大以後的壞處，年紀小的時候，巴不得快點長大；真的長大了，卻又懷念很單純的小時候。」

「那我怎麼辦？我在中間。」她指指自己。

「那就看妳選哪邊囉。」我微笑。

太陽又躲回雲層後方，整個蘭陽平原上都微帶點陰沉，我抽了兩根菸後，再回頭，織子剛剛若有所思地晃了開去，後來就蹲在沙灘上，不曉得正忙些什麼。站起身來，我稍微觀望了一下，就在不遠的旁邊而已，她在沙地上寫了自己的漢字名字，歪歪斜斜的千川織子四個字，然後蹲在那兒看了又看，一時間卻沒下一步。

寫自己名字幹嘛？我納悶著，正想開口問，卻見她手上又有了動作，就像幼稚的小鬼那樣，她居然畫了一支愛心傘，傘下左側是她的名字，而另一邊，她拿著小樹枝畫呀畫，我雖然看不真切，但可想而知一定是她那個無緣又無情的日本男友。我很想再寬慰她幾句，做人哪，要學著看開點，天下之大，難道還缺一個男人？像她這麼年輕的女孩，將來無可限量，等她以後看到了整片森林，就會知道現在老惦記著一棵樹的樣子有多蠢。我跨開兩步，正要接近，海灘上忽然一陣風吹來，她本來斜戴在頭上的小帽子被風給吹掉，往旁邊滾了出去。織子才「啊」地一聲，我已經快步跑到，要彎腰去撿帽子的同時，也瞄見了愛心傘下右側寫了一個陌生的名字，速度快了點，來不及看真切，只瞄到後面兩個字是康成，果然是他！

「哎呀，不好意思。」一手剛撿到帽子的當下，我大腳一踩，直接往那男人的名字上踩落，沙子濺起，當場把名字給踩糊了。看著自己整個腳底板幾乎都陷在沙裡，我先把帽子遞給她，在她說完謝謝後，我鼻孔裡哼了一聲，說：「寫得那麼淺，隨便踩一下就沒了。」

「可是……」像是被我察覺到什麼小祕密似的，織子臉上一紅。

「這種事情呀，就是要深深刻刻，才會永遠記得，才會經得起考驗嘛。」說著，我把香菸叼在嘴上，一彎腰，連樹枝也不拿了，直接用手指在被我踩糊的沙灘上，就同一個位置，寫下大大的高振偉三個字。

不深刻的愛情還有什麼值得留戀的？

14

「你如果真的跟她沒有任何瓜葛，幹嘛把人給帶回來？」終於回到家時，已經下午時分，我讓織子先到客房裡小睡，自己踅到客廳來。老媽很直接就說：「我是不反對你跟日本人交往，但是這種婚禮很難辦，我們光是提親就得大老遠去一趟日本，機票錢跟住宿費很貴，而且還要送禮，又不知道日本人喜歡台灣的什麼……」聽到這裡，我就覺得一切都是多餘的，懶得跟她囉嗦，不如乾脆也回自己房間去睡午覺算了。

傍晚時，帶織子去逛了一趟市區，原本沒打算要在家過夜的，她什麼衣服都沒帶，只好臨時出去買。她在一堆臉部保養品櫃前看了好久，順手拿了妙鼻貼，一到家，洗過澡，她把自己的鼻子糊得一片白，然後問我想不想試試看。

如果我早知道老媽那麼會把握時機，也許對於織子的提議，我就會搖頭說不。一群婆婆媽媽們在晚餐時段後到來，她們根本沒認真聽保險內容，全都對著我的白鼻子發出訕笑，講解還沒結束，織子替我撕下那塊白膜時，這群死老太婆們還一起研究我究竟被剝下多少粉刺。

她說這樣有些不好意思，就怕給我帶來麻煩，但我搖頭，告訴她，人不會被任何人帶來任何麻煩，相反地，人們所有的麻煩，其實都是自找的。她露出不解，我攤手說：「如果妳知道麻煩就在門外，那妳開不開門？」

「不開。」她搖頭。

「不開門，也許可以省點麻煩，卻會因此少了很多人生體驗，那妳選哪個？」我又問。

「開，」想了一下，她忽然又搖頭，「還是不開。」

「為什麼？」

「因為出門就會下雨。」她抬眼，夜空中看不清楚雨勢，但聲音聽得分明，雨絲正落在整個蘭陽平原上。然後我就笑了，背靠著椅子，陪她一起欣賞雨中的夜景。

結束了一場堪稱長青組的保險講解，她們都顯得頗有興趣，看來只需要加以跟進，幾筆生意應該都做得成。我吃過飯，開著老媽的車，載織子一路往郊區，繞到枕山，一家看夜景的咖啡店就開在山頂上，坐在遮雨棚下的座位，細雨正下著，她在拍照，我在抽菸。

「小高先生常來這裡嗎，以前？」逛了一圈後，她走回來，輕啜一口曼特寧後，問我，我點的是花果茶。

「還算挺常來的。」我點頭。

「帶女朋友喔？」她若有深意地看著我，居然是要笑不笑的表情。

「也有啦。」我苦笑，以前滷肉飯跟我回來過幾次，但她其實沒什麼欣賞夜景的興致，每次都匆忙喝完咖啡、吃完鬆餅就嚷著要回去。

「是不是說了不好的話？很抱歉。」看我苦笑著出了神，織子忽然道歉，而我擺擺手，說那也沒啥大不了的，都過了好一段時間，早無所謂了。

「小高先生會不會不想再交女朋友了？」她稍微放下心，雙肘靠桌，兩掌托腮，嘴裡含著吸管問。

「這要分成兩個部分回答，第一，小高就是小高，不用加上『先生』這兩個字，好嗎？」看她點頭，我繼續說：「至於女朋友的問題，與其討論我想不想再談戀愛，我認為，妳其實想問的，應該是我在歷經愛情的失敗後，會不會留下什麼影響未來的陰影之類的，而這也許可以成為妳的參考，對吧？」

她沉吟了一下，只用眼神給我一個沒有聲音的回答。

「老實說，每個人狀況不同，我沒辦法給妳任何建議。」也學她一樣的姿勢，我叼著吸管，說：「不過我很相信時間。」

「時間？」

「時間一直過去，有很多本來過不去的、卡在心上的，都會隨著時間的慢慢累積而淡化，妳還活在這世界上，每天都會遇到新的事情、新的狀況，也會認識更多人，啟發更多新想法，它們一直疊著疊著，就會把記憶裡一些不愉快的部分給覆蓋掉了。」我說。

「像沒發生過那樣嗎？」

「怎麼可能？妳身上有沒有什麼傷疤？」我笑著問，用右手拍拍自己的大腿，說：「在我還沒被稱為『巷口小飛俠』的年代裡，所有受過的傷，疤痕可都還在呢。」

「那是什麼？」織子好奇。

於是我告訴她，大約二十年前，就在我們宜蘭老家的那條巷口，有個傳說中的「巷口小飛俠」，小飛俠的演出並非常態性，但偶爾表演一次肯定讓觀眾值回票價，他總是騎著還有輔助輪的腳踏車在路口橫衝直撞，也不管巷口會有多少車輛經過，大家總是在聽到「砰」的一聲時急忙回頭，就看到小飛俠腳下的拖鞋凌空而起，而小飛俠本人也會跟腳踏車一起騰空，從巷口的這一端，直接飛到另一端，又或者，會從另一端飛過來這一端。

「然後呢？」織子瞠目結舌。

「然後我很走運，一次也沒被撞死或撞瘸，還健健康康地長大了。」我笑著說：「傷疤都還在，提醒我過馬路、騎車都要小心，但那還會痛嗎？」我搖頭，「傷口好了，也就不痛了。」

坐在戶外的吸菸區，雖然有遮雨棚，然而淅瀝的雨滴總難免噴濺進來，我問織子想不想換位置，可是她卻搖頭。聽我說完那番話後，似乎需要靜心思考，她變得不太說話，總是安靜地望著斑斕閃爍的雨中夜景。

我本來還想跟她多聊點什麼，然而電話響起，又是阿泰打來的，一接起，要他等等，我站起身來，拿了香菸要往角落去，這個安靜的空間應該留給織子一個人。走過她身邊時，我說：「如果妳心裡還有傷口，那就好好看著它，品味那種很痛的感覺，痛完之後總會慢慢癒合，然後就能看到新的陽光。帶著疤痕，很健康地繼續長大，好嗎？」

阿泰在電話裡跟我胡扯了半天，他盤下的新店面已經成交，現在要準備開始裝潢布置，問他想弄什麼店，他卻叫我先別管，做好心理準備要一起打拚就行。

「你別老打我的主意，我說過了，幫點忙還可以，但是其他的則免談。」我叼著一根沒點的香菸說。

「老弟，你打算這麼鐵齒一輩子嗎？沒才能的人我還不想找呢，而你還打算糟蹋自己到什麼程度？」阿泰說：「總之，我一定會實現那個願望。」

「那是你的事，別把我扯進去。」

「你到死了那一天都不可能擺脫我的。」那傢伙居然在電話另一端猖狂大笑，還叫我回台北後立刻跟他聯絡，接下來還有一堆事要忙，也不管我是否拒絕，他說這件事尿床妹已經攪和進來，三劍客不能缺條腿，「所以你認命吧，咱們台北見。」說完，他直接掛了電話。

我氣得差點把電話朝山谷裡砸過去，天底下居然有這種無賴。氣呼呼地走回來，正想跟織子抱怨幾句，然而她的背影卻一陣抽動，啜泣聲隱隱傳來。全身縮在椅子上，她又背對著整個露台座位區，除非走近，否則根本沒人發現她在哭。我愣了一下，走近些，在她身邊蹲了下來，織子已經哭得滿臉是淚，她的情緒像是潰堤了一般，一滴滴的淚水不斷滑落，我輕拍她縮在椅子上的膝蓋，手背卻接到她溫熱的眼淚。

「怎麼忽然哭了呢？」輕輕地，我皺起眉頭問。

「我聽，聽你的話，哭這一次就好，明天，就好了，好嗎？」稍微抬起頭，抽搐著身子，她才剛抹抹臉上的淚痕，立刻又有兩行眼淚流下，織子說：「我哭完，哭完就好了，就好了，好嗎？」

若傾盡了所有的淚就能洗淨全部的傷，那或許也值得了。

15

睡過頭了，我在中午時醒來，有些懊惱。昨晚從枕山下來，說好今天早上要帶織子到附近逛逛，這下可怎麼辦才好？惺忪著走到廁所，我還穿著內褲跟背心，正刷牙時，忽然聽到客廳傳來笑語聲。

「你到底是回來幹嘛的？要睡覺不會回台北去睡嗎？」當我盥洗完畢，換好衣服走出來，老媽臉上原本的笑容忽然一變，瞪我一眼。而椅子上織子手捧相機，臉上還帶著笑。

她很早起，左右無事，拿著相機已經到處拍過一回，學校作業需要的老房子、神明廳，甚至變成車庫的豬圈，已全部存進她的相機記憶卡裡。問她們剛才聊些什麼，織子笑而不答，卻指指擱在桌上的兩大本相簿，那裡面有我從小到大的所有照片。

「幹。」我啐了一口，老媽喜歡把她兒子小時候露出小雞雞到處亂跑的模樣分享給全世界的個性依然沒變。

過了蘭陽大橋，就在宜蘭跟羅東的交界，我把車開進小路，轉了幾個彎，還有點距離，織子已經發出驚呼，對著遠遠處就能看見，高聳的土地公塑像比畫不休。不是要近距離觀察台灣文化嗎？土地公也算我們的在地文化特色吧？老媽是這麼建議的。反正不遠，我帶織子來到這裡。

「土地公廟都……這樣大嗎？」塑像就蓋在廟上，站在下方仰望，更顯得巨大，織子看得都呆了。

「當然不可能呀。」我告訴她，這座廟極其靈驗，許多外地香客絡繹不絕，過年時來求發財金的人也很多。說著，我立刻發現她眼裡的疑惑，於是補上一句：「簡單地說，就是透過神明的力量，讓妳賺錢的意思。」看她似懂非懂，我也懶得多說，反正再講只會讓她更糊塗。手一指，要她進去照相，而我轉個身就想出去抽菸。

「神明會幫我嗎？」她忽然又開口，有些為難地問：「日本人，神明要幫嗎？」

「當然，只要妳誠心拜託的話。」我微笑。

這真是一個好問題，土地公會不會保佑日本人呢？按理說應該不會，因為土地公是我們台灣人的神祉，幹嘛幫日本人實現心願？可是話又說回來，真正的神明應該不會有國籍之別才對，所以這實在也難講得很。而我轉念又想，織子會想求什麼呢？她現在心情可好？昨晚哭了很久，雙眼都腫了，我從沒見過女人的眼淚可以這麼無止盡地流著，就算是老爸出殯那天，我媽也沒哭成這樣。今天中午起床後，織子臉上始終帶著笑容，又恢復成對什麼都感到新鮮與好奇的模樣，與昨晚大不相同，她心裡真的不難過了嗎？或者這只是強顏歡笑？我搞不太懂。

抽完一根菸，眼見得織子還沒出來，這廟雖然不小，但也不至於逛得太久。納悶著，正想走進去找人，卻見她開心地晃出來，手上還拿著一串碧綠的佛珠。

「我給了一百元，買這個。」她拿給我看，說廟裡的人還幫她過了香火。

「噢，恭喜，那神明以後都會保佑妳的。」我忍住心裡那句沒說出口的「笨蛋」，卻帶著微笑祝賀，沒想到織子卻搖搖頭，反而將佛珠給我。

「你媽媽說，說你工作沒有很好。」她無法一次說完太長的句子，總是邊想邊說，「所以我買這個給你，幫你賺錢。」

然後我就無言了。

回台北的火車上，我們很少對話，那種感覺有點怪，我說不上來。莒光號座位還算舒適，她有時會輕閉眼睛，有時則望向窗外，更有時則喝幾口水，但就是不太開口；我則時而看看手腕上的佛珠，時而發發呆，時而偷眼看她，卻也找不到話題。

怎麼她對土地公求的是這個呢？難道她沒拜託神明幫忙撫平心裡的傷口嗎？還是她真的相信了我那番既八股又老套的安慰之詞？我有些狐疑，可是卻沒問出口。

阿泰完全不相信昨晚我們在宜蘭是睡在各自不同的兩個房間，那個畜生以為大家都跟他一樣不是人。當織子開心地說著她這兩天的心得時，阿泰根本沒在認真聽，他充滿懷疑的眼光始終牢牢盯在我臉上。

「有屁快放，不要浪費我的時間。」累極了不想出門，我叫阿泰直接過來。

在家門對面的便利商店外停車，他從車裡捧出一個舊紙箱，拿進來，塞到我手上。當那傢伙跟織子正聊著宜蘭的風景時，我打開箱子，卻皺起眉頭。

「給我這些做什麼？」我問。

「店面談妥了，不算太大，但起碼也有十幾坪，算是一個還不錯的小空間，採光好，緊鄰一條小防火巷，附近停車方便，又有捷運站。」他特別強調：「而且沒死過人，沒鬧鬼。」

「然後呢？」

「我決定了，也許這不是什麼賺錢的行業，但至少是一圓我們最初的夢想。」他指著箱子裡的東西，說：「你休息得也應該夠久了吧？」

那當下我把箱子往小桌上一擱，頭也不回就往外走，不管阿泰在後面怎麼喊，就是不肯回頭，穿過巷子，走進大樓，剛按下電梯按鈕，一回頭，織子跟著我跑過來。

「阿泰先生他……」

「他的事不用妳管。」我斷然搖頭，不想再談這件事。

臉上充滿茫然與焦慮，織子完全不明白究竟發生了什麼事，她沒回到自己九樓的住處，卻跟我一路到了十二樓。不說話，我進了屋子，將包包往角落一丟，打開冰箱，給自己倒了一大杯冰水，狠狠灌了好幾口。

「是不是可以告訴我，那個……」她想了想，說：「為什麼要吵架？」

「不是吵架，我跟阿泰從來也沒吵過架。」握著拳頭，我說誰有閒工夫爭執，大家認識那麼多年了，很多意見不合的地方，我們習慣直接打一架。只是現在我覺得連架都不用打，因為以前打完了還能當朋友，但如果是現在這樣，我們大概連朋友都沒得做了。

「為什麼呢？你跟他……要好好說話，你說朋友沒有很多，只有幾個人，我覺得……這樣不是好的，你們……」她臉上是滿滿的惶恐，又礙於語言上的困難，一時間竟說不出話來。

我當然明白織子的意思，也很想告訴她，這只是一時的氣話，但這中間所有的糾葛，實在不是一時間所能交代清楚的，況且也沒有需要交代的必要。手上拿著那杯水，心情亂得很，我仰頭又灌了一大口，只是不專心喝水的下場，就是在嚥下冰水的瞬間被嗆到，我不但整口水全都噴了出來，手上的杯子落地摔得粉碎，還痛苦地蹲著一直咳嗽，幾乎喘不過氣來。這突如其來的意外讓織子嚇了一大跳，她急忙把自己身上的東西全丟在一旁，滿是驚慌，嘴裡中文與日語夾纏不清地說些我聽不太懂的話，一邊說，她將我拉到沙發上坐下，趕緊解開我襯衫的前兩顆釦子，蹲在一旁，不斷輕拍我的胸口，而我在呼吸困難的情況下，連一句話都說不出來，只能張大嘴巴，但空氣卻出得多，進得少，差點就要窒息。

「你……還好嗎？」她被嚇壞了，抓著我的手，戰戰兢兢地問。

「沒事，只是嗆到了。」當我終於能夠稍微緩點氣，勉強吐出一句話來時，胸口都還疼痛難當，像被鐵鎚重重敲擊過一樣。伸手在她手背上也輕拍幾下，我說：「沒事，真的沒事，不用擔心。」

這是一個再平常不過的畫面，雖然是一男一女，但我們是朋友，朋友之間就應該互相關照，儘管被水嗆到的事，任誰一生中都可能遇上幾百回，但問題就在這裡：一件毫不起眼的小事，發生在這個小房間裡，若非知道箇中曲折的人，肯定會因為眼前的畫面而產生不當聯想。我坐在沙發上，因為呼吸困難的痛苦而解開了幾顆襯衫鈕子，織子蹲在我膝蓋邊，跟我距離非常靠近。本來這只是個我們誰也不需要在意的小事，等我休息夠了也就好了，然而事情就是那麼不湊巧，就在我伸手輕拍織子手背的當下，我那破爛的小屋木門忽然被人一腳用力踹開，那人手上捧著剛剛被我退還給阿泰的紙箱，站在門口，她一句「媽的什麼爛門」都還沒罵完，整個人卻忽然愣住。

「靠……」目睹了屋子裡一男一女有點詭異的姿勢後，她怔怔然，最後只吐出一個語助詞，跟著居然又退了出去。

「還記得嗎，我說過，我有一個妹妹。」有氣無力著，我對同樣滿臉錯愕的織子說：「現在妳相信了。」

高妹是前天晚上忽然從高雄大老遠跑來的，她跟一群豬朋狗友去小巨蛋看了場演唱會，看完後，朋友們又連夜搭車回去，她則在沒有預警的狀況下突然跑到我家，還在樓下遇到了阿泰，該死的阿泰把那一箱該死的垃圾交給了該死的高妹，該死的高妹把東西拿上來之後，隔天還很該死地趁著我出門後，約了織子一起吃飯，又對她亂說了一堆不該說的屁話。

趁著我整理好一堆保單要拿回宜蘭的機會，把這個一年回家不到兩次的妹妹也逮回去，至少讓她老媽看看，看這個女兒變成了什麼死樣子。她把自己打扮得跟一根螢光棒沒啥差別，一身螢光繽紛的衣服，要多醜就有多醜，再加上頭頂上一個超級大的蝴蝶結，不曉得那是哪一國在流行的裝扮，連搭火車坐在一起，我都覺得丟臉，而且她在火車上還不斷跟我囉嗦些廢話，一直問我有關那破爛箱子裡的事。

「妳家住海邊嗎，管這麼大，管到我這裡來了？」我瞄她一眼，但是高妹嘟著嘴沒理我，「還是妳移民去美國，當了美國人？」

「啥？」她有些不耐煩地看我。

「全世界就美國人最雞婆，老愛管別人家的事呀。」我說著還架她一拐子。

「媽的我也沒亂講呀，我說的那些可都是事實。」她牛氣了。

「事實個屁。」然後我們在火車上就打起來了。

「而且我之所以告訴她，也是希望多一個人可以勸勸你。」被我揍了一頓後，她還在囉嗦。

「白癡。」我已經懶得再廢話。

回到宜蘭，只用很短的時間處理完工作，我直接搭車再回台北，至於高妹則被老媽留在家裡，我看大概會被軟禁幾天吧，活該！

一個人坐在火車上，忽然有種孤單的感覺，看看旁邊，座位上是一個睡到流口水的中年大姊，還發出微微的打呼聲。才兩天而已，我已經開始懷念那次一起去宜蘭玩的回憶了嗎？應該沒這麼快吧？這兩天裡，織子一通電話也沒找我，她還得打工跟上課，不像我一樣遊手好閒混日子。即便如此，好歹也應該問候我幾句不是？看在我招待她來宜蘭玩，還讓我妹跟她一起吃過飯的份上，她怎麼也不該對我不理不睬吧？

不對，我以手支頤，想了又想，總覺得似乎哪裡不對。她沒有非得應酬我的必要，因為我們是朋友，但既然是朋友，她就更應該在知道那些事之後，給我關心或問候幾句才是，怎麼反而沒消沒息呢？我問過高妹，到底她跟織子說了多少，高妹一副漫不在乎的態度，回答我說：「我知道多少，她就知道多少囉。」

幹，吃裡扒外的傢伙。我握起拳頭，恨不得搥死她。想到這裡，我覺得這樣不是辦法，或許應該打個電話給織子，然而拿出手機，又想到剛剛我要離開家時，被老媽下令三天不准走的高妹忽然一改哀怨的面容，她很認真地問我跟織子是什麼關係。我說是朋友，她說不像，我說是鄰居，她說那更不像。

「講重點，我趕火車。」拎著一疊客戶們簽好的保單，我已經一腳跨出門口。

「我在你的屋子裡聞到一股費洛蒙的味道，你知道什麼是費洛蒙嗎？本來人們以為這是一種昆蟲才會有的東西，但後來證明人類也有。費洛蒙對物種繁衍有重要的意義，尤其在促進交配的這部分，至於我在你房間所嗅到的……」

「嗅妳媽個頭。」雖然高妹念的是生態學系，對昆蟲有一定程度的了解，但我相信她接下來要講的只會是胡謅的屁話而已。

回到台北，搭電梯時，我忍不住低頭看看手提袋裡的這些保單，多虧有它們，我還能賺進一筆豐盛的佣金，足夠撐上好一陣子。電梯上升得很快，經過九樓時沒有停下，不知怎地，我居然有種失落感。回到頂樓，女兒牆邊的小木椅是空的，已經死掉的仙人掌就在不遠那邊，空蕩蕩，只有冷冷的風在吹著，而我抬頭，又快下雨。晚上果然變天又雨，一個人到巷口去買臭豆腐，攤子上沒客人，老闆隨便聊了幾句後，忽然問我怎麼自己一個人來，他居然還記得上次站在我身邊的日本女孩。是怎樣，故事一定要是這種走向嗎？等臭豆腐時，我一邊抽菸，忍不住心裡納悶，而電話同時響起，居然是織子打來的，她問我回到台北了沒，也問我吃晚餐了沒。

「有臭豆腐，要嗎？」我問她是不是要一起吃晚餐，而她說好，再問她想在誰家吃，她居然約我去一趟附近轉角的洗衣店。

轟隆隆的聲響環繞四周，機器不斷運轉，我們坐在塑膠椅子上，一人一份臭豆腐。本來只是安靜地吃著，吃完後，她問我想不想喝點什麼，我搖頭，她卻堅持要買。五分鐘不到，從便利商店走回來時，她手上是兩杯咖啡。

「可能沒有很好喝，可是我不懂這個。」她指指咖啡，說：「我喝都苦苦的。」

沒說話，我接過咖啡，但連封口都沒撕開，手握杯子，感受咖啡的熱度，兩眼望著出神。織子坐在我旁邊，她說前兩天上樓找我，卻看到高妹躺在我客廳看電視，兩個人相偕去吃飯時，多嘴的高妹跟她說了一些事。

非得討論這個嗎？比起這些，我還寧可聊點跟費洛蒙有關的話題，那應該會有趣得多，然而織子不這麼想，她開門見山就問：「小高先生以前喜歡咖啡，對不對？」

這段故事發生在高中時，我有一次蹺掉了補習班的課，偷偷跑來台北玩，那是一次偶然的經驗，走進一家小小的咖啡店，店裡沒人，一副要倒不倒的模樣，我才進去就聞到濃郁的咖啡香氣。老闆是個年近半百的胖子，還蓄著一撮山羊鬍，他對我打個招呼，問我想喝什麼。

我是個完全的門外漢，看來看去，每個品項的名稱都很優雅，但鬼才曉得那些是什麼玩意兒，隨便亂點了一杯義式濃縮，差點被苦死在吧台前。山羊鬍沒有嘲諷我的無知，卻趁著店裡生意清淡時，跟我說了一些與咖啡相關的知識，後來我才曉得，他是一個罹患癌症的病人，那家店已經快要收掉了，那天山羊鬍本來只是在整理東西，沒想到我卻意外闖入。

就像山羊鬍當年，我依樣畫葫蘆，告訴織子，煮咖啡一般會有三種方式，像便利商店那樣的煮咖啡機器，基本上所能製造的都只是調和式咖啡，也就是加糖、加奶或其他東西，那樣的咖啡適合大眾口味，卻喝不出什麼咖啡的原味，除此之外，還有虹吸式與手沖的方法，不過較少人使用，因為那攸關技術問題。

「你去學那個，那個。」她比比拿壺沖水的動作，而我點頭。

山羊鬍給我的不只知識，也教了些沖煮咖啡的技巧，那時我只能趁著週末有空，蹺掉補習班的課，偷跑去台北學藝，大約有快一年時間，在那段日子裡，山羊鬍讓我免費品嚐了不少豆子，也讓我進吧台練習沖煮，而他臉上病容也在那一年間愈發明顯。大約就在升上高三後不久，我最後一次去到咖啡店外，卻發現大門緊閉，門上貼著紅紙，寫著結束營業的字樣。我在那裡愣了很久，後來咖啡店隔壁的小吃攤老闆發現我，他招招手，要我過去，卻捧了一個紙箱，說那是山羊鬍最後一天離開這家店時，託他轉交給我的東西。

「就是阿泰先生那個箱子裡的東西？」織子問，而我點頭。

那個箱子裡的東西對我很重要，不過卻讓我老爸非常不爽，因為補習班蹺課的事終於曝光，我不但挨了一頓揍，也讓心臟本來就有毛病的老爸氣得又進醫院。箱子被鎖在老爸房間裡，放了大半年，一直到我考上大學為止。

起初我選填的是自己有興趣的中文，但老爸希望我讀外語，最後迫於無奈，我向學校申請了雙主修，本以為可以兩邊兼顧，既滿足自己的興趣，也讓老爸開心點，然而都怪阿泰那個混帳，他迷戀上豆豆社的一個學姊，所以拉著我過去。

「豆豆社？」

「就是專門在煮咖啡的社團，只是名字蠢了點。」我苦笑。

一踏進那個社團，我就知道一切都完了，所有塵封的記憶全都回來了。為了再投入到這個社團裡，我不但回宜蘭去，把老爸房間裡那一箱寶貝給偷出來，甚至也耽誤了雙主修的課業，這件事後來造成了很嚴重的後果，在我拿到咖啡比賽學生組冠軍的那天，我老爸也收到學校寄來，一張寫著我外文系學分被當光光的成績單。

「結果呢？」織子愕然。

「妳相不相信人是會被氣死的？以前我不信，但後來我信了。」我嘆口氣，告訴她，那天之後，我再也沒去過社團，更沒沖煮過咖啡。就算老媽跟高妹都沒因為這件事而怪我，就算我也知道老爸的心臟病本來就已經非常嚴重，但不管任何人怎麼想，我總不能否認這個事實：我是壓垮駱駝的最後那根稻草。

早說過了，不如聊點費洛蒙的事會比較輕鬆點。

不知道是誰講過的，搭火車這種事，最好的選擇還是區間列車，理由是便宜又能坐得久。很有道理吧？像高鐵就很不理想，花了大把銀子去買車票，屁股都還沒坐熱呢，居然就已經到站，這豈不是很不符合投資報酬率？不過台南到台北的距離實在太遠了，區間車得不斷換乘，為了省點麻煩，所以我選擇了車程時間一樣有夠久，而價錢也相差無幾的莒光號，搖搖晃晃六個小時，來回就過了半天。

下午四點半，人潮最多的時候，我拿著車票，踏上台南車站的月台，準備北返。列車開出時還看得到車窗外的夕陽，天氣很好，但一路經過中部，還在台中，外面已經飄起細雨。

公司推出了一個儲蓄型保單，我逼平常有打工的高妹買了一張，而她從救濟貧困青年的立場出發，幫忙找了幾個同學，辦了一場小型說明會，就由我來主講，但非常可惜，現在的年輕人對儲蓄保險的觀念還很薄弱，三個小時講得口沫橫飛，最後只成交了兩張保單。

回程的路上，我不斷在想，自己究竟適不適合這份工作，不久前主管的話言猶在耳，搞不好去路邊賣雞排或手搖飲料真的還比較適合我。是表達能力的問題，還是我長相看來就很不可靠，否則怎麼保險如此難賣？我嘆口氣，對自己的人生感到萬分悲哀。飢腸轆轆，卻沒買列車上的便當，那未免也太貴了，沒幾口飯，再加上一點菜跟一小塊肉居然要七八十元，可是肚子不斷咕嚕叫，又聞到滿車裡各式各樣的食物香氣，實在難以忍受。挨到新竹，已經頭昏眼花，正不斷蠕動身子想找個好姿勢睡覺，口袋裡發出震動，織子打電話來問我是否有空，她今天正為了一個作業而苦，老師異想天開，竟然叫班上那一群外國留學生用毛筆字寫對聯，她連中國字都沒認得幾個，從小到大更連毛筆都沒摸過幾回，所以只好找我想辦法，而當時我本來有些納悶，心想日本人不也寫書法嗎？但轉念隨即明白，別說日本人了，就算我們是汲取中華文化長大的炎黃子孫，這年頭又有幾個年輕人會拿毛筆？

「對聯要自己想嗎？還是隨便抄一下就好？」我正在昏昏欲睡中，腦袋還不清醒，第一個想到的就是什麼天增歲月人增壽之類的老套。

「自己想的會加分。」她說。

「那好，」我看了一下手機顯示的時間，至少還有兩個小時才到台北，「如果我回到台北時還沒餓死，就幫妳想想辦法。」

「小高先生還沒吃飯嗎？」她很詫異。

「還沒，不過我旁邊的乘客已經少了一條大腿，被我吃掉了。」我說。

餓得頭暈目眩，踏出車廂時，我是很認真地這樣想：如果在這班便宜又大碗的列車上多坐半個小時，也許我旁邊的那個胖子就真的會被我生吃也不一定。

台北果然下雨，何其不幸。早知道該搭捷運來車站的，連雨衣也懶得穿了，這種尿失禁一樣的細雨讓人厭惱。我騎著機車，一邊冷得發抖，一邊迎著細雨而行，台北的喧譁絲毫不因夜雨而止歇，但那跟我一點關係也沒有，機車騎過燈火繽紛的街道，連看都不多看，我只想回家吃碗泡麵、洗個澡、好好睡上一覺，反正本人天生命賤，淋雨挨餓都沒在怕。

平常我習慣把機車停在大樓的騎樓下，然後走進沒有管理員的門口，但不知何時開始的，我忽然在這例行動作中多加了一項，要把車停進騎樓前，我會先停一下，抬起頭。老實講，又髒又舊的大樓外沒有任何招牌識別，每一層窗戶都一樣，不認真數一數，根本不知道哪一扇是九樓的窗，但我就是慣性地抬頭先望上一眼。

按下電梯，我告訴自己，只要再撐個十分鐘，馬上就會有一碗熱騰騰的泡麵。冰箱裡有一包分成三次還沒吃完的空心菜，一把放了快兩星期還沒用完，從青變黃的蔥，以及一盒雞蛋，這些都是泡麵的最佳佐料，把水煮開，醬料包跟青菜一起下鍋煮，等湯滾了就放雞蛋，又滾了以後再加泡麵，悶個三分鐘，同時切切蔥花，屆時就是一頓最棒的晚餐。我在電梯裡彷佛已經聞到麵的香味。

從台南回來，我帶了一盒紅磚布丁跟一包蝦餅，這些有名的伴手禮在列車上不斷勾引我的食欲，我發揮了強大意志力才忍住沒偷吃，因為它們都是要給織子的禮物。

她在家嗎？應該正為了對聯的問題而苦惱吧？這對我來說不成問題，只是舉手之勞，但現在我沒辦法立刻幫忙解決，天知道餓了一整天有多麼痛苦。走到十二樓，三步併作兩步，我正要開門，卻隱約聽到裡面傳來聲音，而門邊的窗戶也透出裡頭的燈光。

「這年頭是誰都可以輕易踏進我家就對了。」我苦笑，同時鼻子裡立刻聞到一陣香氣。

「門鎖壞掉了，鎖不起來呀，我就進來了。」有點不好意思，織子指指門。上次高妹一腳把門踹開，門鎖壞掉至今都沒修，反正這屋子裡也沒啥好偷的。

「你說還沒吃飯，我就想這個，這個，」她有些害羞，說：「可能沒有好吃，可是……」一順著她的目光，也順著味道的來源看去，瓦斯爐上的小鍋子裡正冒著煙。

用冰箱裡既有的食材，再加上她去便利商店買來的簡單配料，當我拿湯匙舀起那碗裡的紅色湯汁時，辛辣的味道已經瀰漫，不算豐盛，但風味卻挺好的拉麵就在眼前。不太吃辣的織子居然煮得出這碗麵，讓我本來快凍死的身體跟靈魂瞬間熱了起來。

「好吃嗎？」她有些懷疑自己的手藝，從冰箱裡拿出一瓶飲料給我，好像我才是客人似的。飲料當然也是她買的。

「我住在這裡好久了，但是第一次有回家的感覺。」塞了滿嘴的麵條，不怕燙也不怕辣，更不怕被噎死，我說。

「我看電視，講這個怎麼做。」她指著麵說：「地獄拉麵。」

織子說她能找到的材料實在太有限了，本來該有的叉燒肉、魚板之類的，我冰箱裡當然沒有，所以都是跑了一小段路，去稍微遠一點的小超市買來的，一鍋湯煮了很久，始終不敢放麵下去煮，就怕抓不準我到家的時間，整鍋麵會糊掉。她說一聽到我在火車上還沒吃飯，當下就想煮點什麼，不過平常很少下廚，一時也沒選擇，所以才挑了最簡單的拉麵。

「妳還有多久會畢業？」一邊吃麵，我問，她說還有幾個月，於是我告訴她，畢業後可以不用急著回日本了，留在台灣，她應該去跟阿泰合作，開一家拉麵店才對。

「賣地獄拉麵嗎？」她睜著圓亮的眼問我。

「小天使煮出來的，應該叫作『天使拉麵』才對。」我笑著說，卻有一股很想哭的感覺，藏著，不讓任何人看見。

天使拉麵的做法如下：

一碗普通的地獄拉麵＋一份煮麵的愛心＋一個渴望愛的餓肚鬼

售價：無價

約略是夕暮餘暉都沉默時，才是思念正隱隱騷動的開端，
那當口裡我揀拾起的，是紛雜城市中一抹妳遺失的笑容。

而這正是我怎麼也不能忍受的，
「你不是真正的快樂，你的笑只是你穿的保護色，
你決定不恨了，也決定不愛了，把你的靈魂關在永遠鎖上的軀殼。」*

*〈你不是真正的快樂〉，五月天

看到桌上一人一份好幾張資料時，大家都有些錯愕，不是說好了要聚會吃飯的嗎？阿泰把資料發給每個人，指著上面就要從第一個議題開始討論，但桌上一道菜也沒有。

「說好的現炸軟殼蟹呢？」我率先開口。

「至少該有土瓶蒸吧？」尿床妹也皺眉頭。

「耶，是 waffle！」只有織子是開心的，waffle 是格子鬆餅，但並不真實呈現在桌上，只寫在那份資料裡，是阿泰初步規畫的菜單內容。

「我覺得至少應該先點一份鮮味刺身。」我又說。

「那我要先來一人份的本格燒酎。」尿床妹跟著追加。

「Waffle 是水果口味嗎？是很棒的選擇呢！」織子還開心地看著那份資料，她眼裡居然透著興奮的光彩。

阿泰沉吟了一下，最後他放棄了，轉個頭，他叫日本料理店的服務生把桌子分開，要我跟尿床妹滾到另一桌去吃自己算了。

「歡迎各位蒞臨『人生逐夢計畫』的第一次籌備會議，我是召集人兼會議主席，大家叫我阿泰就可以了。今天的會議章程已經發到各位手上，我們會按照流程進行討論，目前夢想小店的未來發展方向還有賴各位核心人物的寶貴意見，待會請大家千萬不要吝嗇於發表看法，我們現在要討論的第一個議題，就是店名的部分……」才剛吃完第一盤的生魚片，阿泰忽然站起身來，畢恭畢敬地跟大家鞠了個躬，然後就說出一堆莫名其妙的話來。

「我怎麼不記得自己加入過什麼『人生逐夢計畫』？」我放下筷子，看著資料，滿臉疑惑。

「『夢想小店』？這麼低能的名稱是誰取的？」尿床妹根本連資料都不看，她還在舔筷子上的芥末醬。

「店名呢，是可愛一些好呢？還是成熟好呢？」織子非常認真地開始思考。

「各位都是本計畫的高階執行主管，當然也都是主要負責人，接下來更將在本計畫案中獨當一面，在共同的平台上進行各類資源的統籌與整合，因此溝通協調是非常重要的工作，對於計畫案本身所有的內容，當然也都有發言權，而每個意見都值得我們認真研究。第一個議題是店名的部分，店名是帶給消費者的第一印象，因此絕對不能馬虎，決定名稱之後，才能發展出具有系列性的識別系統，我們預計要運用的範圍包括有……」

「高階執行主管？」我納悶地指指自己的臉。

「主要負責人？」尿床妹滿頭霧水地問。

織子已經陷入深沉的思索世界裡，她用日語正喃喃不休，像在跟自己說話似的，還不時抬眼看看那份資料的內容。

「你們兩個再不認真點，待會就準備付自己的帳吧！」最後阿泰就生氣了。

尿床妹說那根本就是一頓鴻門宴，哪是平白無故要請吃大餐，根本就別有居心。阿泰擅自作主把大家都納成合夥人，但賺的錢可未必會分給我們，而且每個人都有自己原本的工作，誰有閒工夫去蹚渾水？更重要的是，誰都不能預估這什麼狗屁逐夢計畫的成敗，萬一搞砸了，責任豈不是大家要一起扛？我點點頭，跟著附和說：「就算賺錢會分、倒閉免賠，但我也不想幹，誰吃飽撐著要去那裡端盤子？」

「請問……」沒辦法一次聽懂太多又太快的中文，織子問我：「小高先生，你們說那個，什麼門宴？是……什麼？」

根據阿泰一廂情願的想法，他要開的本來是一家純粹的咖啡店，但我們都告訴他，那肯定毫無競爭力可言，於是他聽從織子的建議，決定增加店裡販售的食物品項，把它擴充成一家輕食餐廳，並決定將消費族群鎖定在喜歡喝下午茶的年輕人，當然這裡也可以是商務人士午後休閒或洽公的地方。根據這個點子，阿泰分派了任務，他要尿床妹幫忙想想小店的行銷與宣傳，要我負責開發適合店裡販賣的飲品，而織子則自告奮勇要張羅食物的部分，至於阿泰本人，他去櫃台付帳買單後，走回來，篤定地看著大家說：「我當出錢的那一個就好。」這話說起來非常瀟灑而不失隆重，彷彿我們已經歃血為盟，隨時樂意為這場低能的革命大業壯烈犧牲似的，但他老人家卻忘了，三個小時的晚餐吃完後，其實我們根本連店名叫個啥都沒討論出結果來。

回家以後，織子問我，為什麼對阿泰的計畫如此不以為然，而我告訴她，這個點子不是不好，卻也不是大家都會喜歡。

「為什麼？」

「因為尿床妹不需要靠這家店賺錢，相反地，參與這家店的經營還可能影響她原本的工作。」我對織子說：「對妳也一樣，妳要打工跟上課，時間已經不多，他怎麼可以勉強妳還幫忙想菜單？」停了一下，我說：「除非妳自願。」

我猜她應該是自願得很，瞧她今天的超高配合度就知道了。

「那小高先生呢？」

「我沒興趣。」斬釘截鐵地，我說。

夜裡，處理她的對聯作業，我本來想幫忙另外寫的，但考慮到那些對仗、詞性之類的中文學問，與她實在淺薄的根基並不相符，真寫得太難，倘若老師問起來，豈不露出馬腳？於是只好從網路上找到幾副簡單的對聯，稍微修改一下來權充作業。而她洗過澡後，帶著買到的毛筆跟墨水來找我。大家都對書法極其陌生，只好隨便瞎寫一通，這只是個無聊的作業，並不值得大費周章，我們輪流握筆，隨便寫了幾個字就算交差。在我的屋子裡可以聽到一點點細雨敲打鐵皮屋頂的聲音，她洗筆時，我打開門，望著外頭抽菸。

「小高先生跟阿泰先生是好朋友吧？」沒抽幾口，白色煙霧緩緩飄著，我倚著門邊發呆時，織子站在後面問我。

「算是吧，認識好久了。」我點頭。

「那他一定很懂得小高先生的這裡。」織子拍拍胸口，說：「對不對？」

「就是那樣才討厭。」我說。

「小高先生，我可以問一件事嗎？」有點晚了，織子還沒回她自己住處，卻在我的客廳裡借用電腦上網，大概看累了，又走到門口來，我在小椅子上發呆，她忽然問我現在工作的收入是不是不太好。

「勉強過得去而已。」我點頭，每個月的收入光是房租就扣掉一大半，確實不好過。

「賣保險很忙嗎，每天？」

「除了早上進公司一趟，基本上是不忙。」我說。

「那為什麼不幫幫阿泰先生呢？」她問得很認真，說：「小高先生幫忙，就可以賺錢，對不對？」

我點頭，但也告訴她，幫忙當然可以，甚至店開成了，我也很樂意去打雜，但就只是不想煮咖啡而已，「連妳都猜得到阿泰叫我負責張羅飲料的目的，那傢伙也挺差勁的。」我苦笑。

陪我坐在椅子上，她沉默著沒再說話。我們坐得近，她身上不斷傳來淡淡的沐浴乳香氣，讓人聞得有些恍惚，我正想站到一邊去抽根菸，織子忽然說話：「昨天，我本來想要去郵局，寄信。」

「然後呢？」我一愣。

「宜蘭很漂亮，風景好看。」她慢慢地說著：「我想寄給他看，可是小高先生說過，他可能，不想看到。」

「但妳還是去寄了，對吧？」我本來是這樣以為的，然而織子卻搖搖頭，說：

「我答應過小高先生，不可以再哭了。」

「什麼？」

「所以，我把照片收起來了。」她說：「小高先生自己說過的，有一百個理由，不出去，可是，只需要一個理由，就可以出去。」她說著，指指心口，很認真地看著我。

自己做不到的，往往是最常拿來勸別人的。

所以我可以猜想得到，她藏在一張看似平靜的笑容底下的，並不是一顆痊癒的心，那必然是花了偌大精神去拔河對抗才勉強維持住的平衡。當我們走一趟菜市場，她睜大了眼睛，充滿好奇地逛著時，我站在一邊，偶爾給一些解釋跟說明，同時也偷偷觀察著她眼神的每個變化。

「這個是柳橙汁？」她很好奇地指著食材行裡，堆在角落的方形鐵桶問我。

「那是濃縮原汁，要加水稀釋的。」我不能說得太快，也不能說得太複雜，不然就是自找麻煩，織子會問個不停，直到終於弄懂為止。

原本只是來看看有沒有製作鬆餅所需要的鬆餅粉，結果逛著逛著，她卻一直幫我注意調製飲品所需的原料。充滿好奇的她對那一罐罐五顏六色的濃縮原汁指指點點著，於是我也只好一一回答。

「小高先生知道很多那些。」她說。

「大學時在飲料店打工過。」我也點頭。那是非常糟糕的回憶，我才做了一星期就宣告放棄，而這又跟阿泰有關，他把到那家店的女工讀生後，很快上演始亂終棄的戲碼，結果連累了我。

昨天晚上，大半夜裡，尿床妹忽然跑來，把我叫到樓下的便利商店喝啤酒，她說最近認識了一個小開，剛展開交往，但很快又發現兩人之間似乎不太適合，因此有打退堂鼓的念頭。我說兩個人既然交往不深，那又何來適合與否的問題？總得經過長一點的時間才能了解吧？尿床妹躊躇了半晌，沒有回答，卻忽然問我跟織子的關係，我說什麼關係也不是，不過就只是朋友罷了，但她搖搖頭，說感覺不太是這麼一回事，於是我只好點點頭，承認自己對織子頗有好感。

「她很天真，很單純，甚至可以說是有點笨。」我說：「妳知道，我不是那種很精明能幹的人，所以只好找那種腦容量跟我差不多的。」

「但是她應該遲早會回日本吧？」

我點頭。

「還有多久？」

我搖頭。

「你有沒有打算試著跟她交往看看？」

我先點頭，然後又搖頭。

「你脖子痛嗎？」尿床妹瞪我。

「妳會不會跟一個連對妳有沒有好感都還很難說的人告白？」於是我問，尿床妹一愣，我說：「那就對了。」

一個人如果因為對另一個人產生了好感，就非得去嘗試著交往看看的話，那這個人一輩子大概會有談不完的戀愛吧？而如果一個人連對方是否對自己懷有好感都還不肯定，就貿然想去告白，那這個人要嘛是腦袋有問題，再不就是發情期的賀爾蒙分泌過盛了，我想。

逛完菜市場，織子寫了滿滿的筆記，她非常認真在執行阿泰交付的任務，已經選定了至少十來種店裡可以販賣的食物品項，接下來就要陸續試做跟試吃，想當然，我肯定是那隻白老鼠。

「小高先生下午還有工作嗎？」走出市場，她問我如果有空，想不想出去走走，雖然天氣微陰，但一時間應該不至於下雨。反正百無聊賴，我當然樂意奉陪。她戴著我送的安全帽，野狼機車騎到三峽老街，一路上，她只有偶爾幾次伸手扶住我的腰間。已經很久沒有女生把手扶在我腰上了，那種感覺有些陌生，甚至還讓人有點心跳加速的感覺，我懷疑自己是不是有毛病，然而她似乎什麼異樣都沒有，偶爾回頭，我只看到她欣賞風景時的快樂神情。

三峽老街的舊房子都經過整理，洋溢著古早味，一起走著，她對什麼都感興趣，有些曾在課堂上聽老師講過的台灣老街建築特色，居然也能對我做解說。而在那些販賣特色商品的小店裡，她很仔細地觀察與打量，一副頗有購買意願的樣子，只是逛了一圈後，除了牛角麵包，她什麼都沒買。走得累了，晃到祖師廟前的小廣場上，遊人稀少，我剛點根菸，她說口渴，跑到附近的攤子去買古早味紅茶冰，那時天上的雲層略略微開，有幾絲陽光穿透，拿著飲料走回來時，光線很溫暖地灑在織子的肩膀上。

「妳喜歡那些小東西嗎？如果喜歡，待會回家前可以去買。」我問，然而織子搖頭，她說自己並不常買那些小東西，但既然阿泰要開店，也許多看看，屆時可以張羅一些擺設。

這話引起我的好奇，「人生逐夢計畫」擺明了是一個智障到底的爛遊戲，我跟尿床妹都意興闌珊，她究竟為何如此熱衷？

「我爸爸，以前有一家洋食店，在大阪。」說著，織子問我是否知道洋食，而我點頭，就是日本人改良之後，帶有日本風味的西餐，這是我在「料理東西軍」裡看來的知識。織子說：「我爸爸身體不好，他的胃有問題，醫生說要多休息，可是我媽媽不會做那個，後來店就沒有了。」

「很可惜。」我說。

織子點點頭，說那是她上小學前的事，若干年來，她經常都記得也懷念著自己家裡曾有過的小店，一家店對她而言，並不只是賺錢的場所而已，更是心靈的寄託。

「心靈寄託？」我笑著說有沒有這麼誇張，但織子說她到現在都還記得童年時在店裡胡鬧，被她老爸拿大湯勺追著打的往事。

「所以，我想，如果阿泰先生也有一家店，說不定，對他，對童童小姐，還有對小高先生你，也許以後也是這樣？」

我聽著點點頭，原來每個人看待一家店的創立都有不同想法。織子所謂的童童其實就是尿床妹，全世界大概也只有織子會這樣禮貌地稱呼她，我想了想，問她：「那對妳呢？」

「我……」她囁嚅了一下，臉上忽然有些不好意思的樣子，隔了半晌才說：「我如果回去日本了，那小高先生看到店裡，看到一些東西是我做的，也許會想到我？」

「妳不用做什麼，我也不會忘記妳的。」我微笑。

「可是我想讓那裡，也讓小高先生，有一個……一個……」她思索了一下，才說：「覺得有意義的感覺，是我們很多人，一起努力過的。」

在我的世界裡其實不需要很多人，也許，有妳就很足夠了。

20

織子的房子不夠大，擺不下那些亂七八糟的東西，所以一股腦全扛到十二樓來，而我清空了小餐桌，準備提供給織子做實驗。她把我的房子弄得香氣四溢後，整整齊齊地端上來一個圓形但切成八等分的鬆餅，離奇的是，八等分上頭分別澆淋出八種不同佐料，而最悲慘的是，她只給我半小時時間吃完，因為等一下還有烤披薩。

我還記得她前幾天說過的話，但真有這必要嗎？怎麼我給人家一種生活過得很沒意義的印象嗎？趁著她在屋子裡東忙西忙，我在頂樓四處走了一圈，最後忍不住去將那堆盆栽整理了一下，清理出不少已經被我用尿澆死的殘骸，剩下的則規規矩矩擺好，弄得滿頭大汗，正想抽根菸休息片刻，她卻追了出來，手上還捧著我真的吃不下，只好暫時擱著的大半塊鬆餅。

對這整件事，我完全不想認真看待，誰知道阿泰的熱度究竟會持續多久，他是那種就算賠了百來萬也能無所謂的人，但我可沒辦法。

「這種味道，小高先生覺得好嗎？」看著織子一臉專注，我很難跟她說，其實對大多數人而言，龍眼蜜跟荔枝蜜根本一點差別也沒有。

「妳到底是來台灣做什麼的？」我被下令限制行動範圍，再不准藉故溜出屋外，只好坐在餐桌前無所事事，我說：「妳都不用回家準備功課或寫寫作業嗎？」

「都做完了呀。」她繫著粉紅色圍裙，戴著棉質隔熱手套，非常小心地操作，但還有餘裕跟我說話，「最後一個學期，課很簡單的。」

「你們到底在學校都學些什麼？」我皺眉頭，她的課程確實挺讓人好奇，也讓人懷疑，要嘛逛老街，要嘛寫對聯，到底大學的華文中心是怎麼引領這些外國學生認識中華文化的？

「什麼都學呀。」織子正小心斟酌一小杯蜂蜜的用量，雙眼直盯著琥珀色的蜂蜜，一邊伸手指指沙發那邊，叫我打開她擱著的書包，裡面就有教材，這兩天老師教大家認識國劇，下星期還要學布袋戲跟歌仔戲，說著，用她的日本口音，居然唱了一句怪腔怪調的「我本是臥龍崗散淡的人」，這句國劇裡諸葛亮的台詞讓我差點昏倒，以為孔明先生哪時入了日本籍了。

細看課本，我覺得很納悶，台灣人都不見得看得懂那些傳統戲曲了，外國人還能學得來什麼？那本教材很簡單，圖片占了大多數，文字敘述很少，而且用語白話，簡直像兒童讀物似的。

「妳知道誰是伍子胥嗎？」翻開教材，瞬間想起好多童年讀過的傳奇故事，可是問問織子，她既不曉得伍子胥是怎麼過昭關的，也沒聽過關雲長過五關斬六將的故事，當然更不會知道張翼德是怎麼喝斷長板橋的。

「那你們到底學了什麼？」我隨便翻翻，上百張國劇臉譜代表的都是不同的歷史故事，學生們連最基礎的入門款都沒學過，那老師還能講什麼？

「那個，臉上有鬚鬚的，他的故事有講。」織子停下動作，手比了比，讓我差點笑出來，臉上有鬚鬚是怎樣？織子還說鬚鬚不在下巴，而是畫在臉上，愈講我愈聽不懂，最後她索性放下手邊工作，過來翻了幾頁，然後才指給我看。我一口鬆餅差點全噴了出來，那根本不是什麼鬚鬚，而是白底上用黑色勾勒出來的顏色線條，是一張國劇裡的項羽臉譜。織子說他們老師有介紹，項羽的臉譜是非常特殊的，但究竟特殊在哪裡，她倒是有聽沒有懂。

「這叫作無雙臉譜，」我說：「國劇有很多人物、很多臉譜，但是項羽的臉譜沒跟任何人重複，尤其是眉毛，那不是什麼鬚鬚，那就是畫出來的眉毛。」我對國劇的認識也不多，但國中時好歹跟著我死去的老爸看過一點，那是他當年的興趣，一邊看，他就一邊對我說故事。說著，我問織子，既然提到項羽，那老師有沒有告訴他們，關於「霸王別姬」的故事。

「那是什麼？」看織子又一臉無知，讓我深深質疑起台灣這些大學開辦華文中心的成效。

「楚霸王，項羽，就是這個花臉的……鬍鬍男，他是一個很厲害的人物，而他的老婆叫作虞姬，他們就是故事的主角。」我用所有想得到的簡單詞彙，分別解釋何謂「霸王」、何謂「姬」的身分，然後再簡述一段歷史背景，並交代了漢軍在策動十面埋伏、用了四面楚歌的戰略後，如何徹底瓦解了被困楚軍的士氣，同時也導致楚霸王跟虞姬最後的悲劇分離。

「楚霸王打不贏漢軍，幾乎就要撤退回江東了，可是就差那一步，被困在城裡，準備天亮要進行決戰，虞姬不想讓項羽掛心不下，所以拔劍自刎。」我順便解釋：「自刎就是自殺的意思。」說著還以手代刀，比了個殺頭的動作。

「她一定很愛那個人。」織子指指書上的項羽臉譜。

「歷史上沒交代虞姬是哪時候跟項羽在一起的，不過戲劇裡的描寫是這樣，她跟項羽一直到最後，項羽第二天去決戰，基本上是死定了，所以虞姬早他一步，先結束自己的生命，這就是『霸王別姬』的故事。」我說。

相當程度而言，我覺得自己是個很不會說故事的人，戲曲裡演得蕩氣迴腸的情節，在我說來實在冷靜過了頭，簡直毫無美感，然而聽完故事後，織子卻停下動作，沉吟了好半晌。

「小高先生認為，什麼是愛？」她忽然問我。

「不知道。」我很直接地搖頭，說：「我沒真正愛過，也沒真正擁有過，所以我不懂。」

「那，小高先生覺得，怎樣的愛情是美的？是像這個一樣嗎？」她又指指臉譜。

「通常失敗的愛情都比較美吧。」我聳肩。

「那，小高先生想要比較美的愛情，還是不失敗的愛情？」她又想了想，又問。

「這世界上沒有真正完美的愛情，對不對？」隔了片刻，我才從沉思中抬起頭來問她：「織子，妳覺得世界上有沒有真正完美的愛情？」

「也許……沒有？」對我的問題感到有點意外，織子猶豫著回答。

「我也覺得應該是沒有。」我嘆口氣，但想了又想，我又說：「也許完美的愛情並不存在，但真正的愛情應該還是有的。妳相不相信這世上會有那種愛一個人，卻希望對方在離去後能得到真正想要的幸福，儘管，那幸福不是由自己來給？」

「有這種愛情嗎？」她皺起眉頭。

「我相信有，妳也應該要相信，因為，那才是愛。」而我點頭說。

這世上有一種愛，叫作成全。

尿床妹真的相信我跟織子之間沒什麼，是因為她問我知不知道下週四是什麼日子時，我臉上露出茫然，還問她是不是哪個我們共同認識的友人要結婚了之類。

「你怎麼不去死一死算了？」不告訴我答案，她卻橫我一眼。

店面剛完成設計，這兩天陸續有建材被搬進來，準備開始裝潢，尿床妹在大學念的是行銷學系，怎麼把這家店推廣出去，那對她只是小菜一碟，才沒幾天就擬好幾個步驟，直接寄給阿泰了事。今天約我到店裡，她劈頭就問：「告白了沒有？」

「告白了又怎樣？」我聳肩，說：「於事無補或徒勞無功的事情還是省省力氣吧。」

尿床妹覺得這樣不太對，卻又說不上來哪裡有問題，而我認為這沒什麼好非議的，本來每個人的看法都不同。我告訴尿床妹，今天換作是任何一個女孩子出現在我生命裡，我都有可能會喜歡上對方，但那不表示我會跟每個女孩子都告白，因為我根本不能預料後果，尤其是像織子這樣的女生，她總有一天是會回日本的，屆時我能不讓她走嗎?或者我跟著去?這種活像電影《海角七號》的劇情,不是每個人都能活得跟電影人物一樣豁達,起碼我就辦不到,所以這份好感我寧可收著、放著、藏著,最好織子永遠都不要察覺到,而我願意把這些情感留下來,保留給以後遇到的任何一個可能被我愛上的女孩,我說:「妳除外,因為妳小學六年級還尿床。」

「幹,你去死。」她又瞪我。

我被揍了一頓,不過也吃到一個免費的便當,還得到一個不錯的小道消息,尿床妹說她前幾天打電話給織子,討論過菜色問題,因為行銷廣告裡需要這類資訊,兩個人聊了聊,尿床妹很好奇,什麼星座的女生會喜歡在廚房裡弄那些小點心,於是織子說了自己的生日。

「下星期四,你記清楚了,是下、個、星、期、四。」她揪著我衣領說:「別像個娘娘腔一樣,去做點男人該做的事吧!」

一個男人該做的事情有很多,可以滿懷壯志,可以經天緯地,甚至可以去劫富濟貧,但一個男人能在一個他喜歡卻不想追求的女人的生日裡做什麼?我抽著菸,拎著洗衣籃,走過大樓轉角時,腦袋裡一片空白,什麼也想不到。

也許我可以再送一盆黃金葛,或者帶她去藝文中心真的看一齣國劇,再不,她最近熱中輕食料理，我可以陪她去哪家餐廳偷師一下？

「假如妳是男人，而妳有一個喜歡卻不想追的女性友人，妳會在對方生日時做什麼？」我打電話給高妹，想問問她的意見。

「第一個前提就不成立，這還有什麼好談的？」說完，她直接掛我電話。顯然還很不爽上次被我押回宜蘭的事。

「你是一個男人，你有一個喜歡卻不想追的女性友人，你會在對方生日時做什麼？」第二通電話我找上阿泰，問問他的意見。

「我怎麼可能會有喜歡卻不想追的女性友人。」他呸了一聲，跟著也掛我電話。這年頭的年輕人真是沒有禮貌，聽著洗衣機運轉，我慨然。

那天晚上，忽然又下起雨來，電視機裡播放無聊的老電影，而我躺在沙發上快要睡著。回頭，餐桌上堆滿織子買回來的食材，她今天忙課業，過兩天有小考。終於想到自己是學生了嗎？我苦笑。她不在這裡，室內很安靜，我可以肆無忌憚在屋子裡抽菸，也可以只穿一條內褲晃來晃去，更可以不進廁所，直接去花盆那兒尿尿，一切都跟我往常生活一樣，但不知怎地，現在總多了一種名為「空虛」的感覺。

跟我的鐵皮屋相比，她的房子比較像房子，但那裡既小又窄，家具擺了就沒多少空間，住起來應該很悶吧？那裡的燈光照明足夠嗎？空氣流通嗎？會不會很潮濕？那樣的環境適合念書嗎？她會不會惦記著鬆餅或其他食材沒收好，所以無法專心在課業上呢？我想得太出神，一根菸忘了抽，菸灰整截掉下來還燙到自己的手，隨手要丟菸蒂，偏偏又沒瞧準，居然擱進了菸灰缸旁邊那一杯啤酒裡。

「幹。」啐了一口，我認命起身，最後只好拿起電話，又撥給尿床妹，請她幫忙查詢一些資料，半小時後，她以簡訊回覆，說店家已經找好，附上地址，還貼心地幫我預約完成，下週四的晚餐時段，傍晚六點，兩位，有靠窗位置，還請餐廳代訂了一束花，是很貴的紫色玫瑰，花語是浪漫真情跟珍貴獨特。

花朵都有花語，這是什麼道理？我看根本只是資本主義的另一個陷阱吧？但沒辦法，尿床妹已經面面俱到地打點好了，我除了乖乖掏錢還能怎樣？

走到餐桌前，看著那些半成品與材料，我伸手沾了一點鬆餅粉，放到嘴裡咂了咂，那味道還真夠怪的；再看看那台鬆餅機，也很有趣，誰規定鬆餅非得長得這麼一格一格的樣子？那些坐在櫥窗風光如畫片的店裡，喝著下午茶，吃著烤鬆餅的女孩子們，妳們覺得這樣很優雅嗎？這到底優雅在哪裡？又貴又吃不飽的東西不是只有傻子才會吃得很開心？手指在大腿上擦了擦，我叼著又一根沒點的香菸，環繞餐桌走了一圈，心裡在想，織子現在真能念得下書？她接連好幾天幾乎茶飯不思，專注在這上頭，根本一個中文字也沒認真練習讀寫，現在臨時抱佛腳，還能考出什麼好成績？

大學時，我大概就跟她差不多，管他什麼期中或期末，我們一夥人唯恐鼻腔裡有片刻少了咖啡香，無不絞盡腦汁，只想鑽研出更能有效萃取咖啡香氣的沖煮方式，本來是一件非常浪漫、舒適而悠閒的咖啡沖煮工作，但到了我們這些瘋子手裡，幾乎就跟科學實驗室一樣，對每個變因都仔細計較，還要做很多筆記跟紀錄。

都過去了吧？我嘆口氣，人是應該要長大的，長大了以後，才會看到世界的現實面，才會知道現實永遠比夢想殘酷，肚子都填不飽時，難道夢想能當飯吃？現在能這樣還把夢想掛在嘴邊的，大概也只剩阿泰而已了。

我想下樓去找織子，想跟她說，如果覺得現在念書非常辛苦，那就應該檢討檢討，也許她真的浪費太多無謂的精神在阿泰的狗屁計畫上了，這些華而不實、不切實際的夢想不該成為她課業的妨礙，也不該羈絆著她在台灣的學習，或許大阪那家消失的洋食店是她一生中最美好的回憶，但那是洋食店，那在大阪，而不是現在只存於一紙的空中閣樓，況且閣樓還在台北。是呀，為了讓織子早點體認到這一點，也許我應該立刻穿上褲子，下樓去找她聊聊？

想到這裡，我把菸給叼著，順手抄起了長褲，但才套上一隻左腳，卻忽然聽到敲門聲，開門一瞧，織子就站在門口，她手上還捧著一個箱子。

「我正想下樓去找妳。」眼看她還捧著不務正業的東西，我沉下臉來，說：「妳是不是應該認真思考一下自己現在的本分？本分就是本來應該要做的分內之事，就是妳來台灣的初衷，那是什麼？是學習，學習中文，對不對？可是妳還有考試，但現在卻在幹嘛？我猜妳在家裡是不是看不下書？是不是滿腦子都在想著那些食材的事？妳自己覺得，今晚有看進去任何跟考試相關的東西嗎？」

「我……」從沒見過我這麼正經而不悅的表情，織子有些錯愕。

「妳是不是讀不下書？」於是我問，而她只好乖乖點頭。

「滿腦子想的都是那家店的事，對吧？」我雙手叉腰，直視著她。織子的頭又更低了。

「現在都幾點了，妳不趕快把書讀完去睡覺，卻還想上來弄那些跟考試無關的事情嗎？」我實在不忍心，卻也不想讓阿泰害了她，語氣一軟，我說：「織子，不管妳想弄什麼，至少先把課業照顧好，好嗎？這箱東西先給我，我幫妳保管，考完試後，妳再上來玩，好不好？」

「這個，本來就是要給小高先生的。」她忽然抬頭，這句話讓我錯愕了一下。

「我念書念完了，要睡覺了，可是睡不著，我想，小高先生，如果可以在店裡……」她把箱子交到我手上，話沒說完，忽然轉個身就要往樓梯口走去。那當下我一愣，接到手中的箱子很輕，打開一看，裡面不是什麼食材之類，卻是一套沖煮咖啡的器具，有手沖專用的細嘴壺、小型磨豆機，還有一些相關用具。

「小高先生要笑一個，不要凶巴巴。」走到樓梯口時，她忽然回頭，給我一個燦爛的笑容。

然後我就真的笑了。

太遠的是小院子裡的笑聲，太近的是我還記得月光灑落妳肩上的角度。

那只細口壺的重量與整體平衡感都很好，是我當年用起來最順手的工具之一，玫瑰金的顏色，搭配不鏽鋼材質，雖然塵封了好幾年，卻更顯露出質感。此外還有一只黑色陶瓷濾杯，再加上溫度計、拉花杯，以及我非常喜歡的可調式小型磨豆機，這些都是當年我最寶貝的東西，就差沒能自行烘豆而已，否則真的什麼都一應俱全。

阿泰的店面還沒裝修完畢，他卻急著呼朋引伴，好多許久不見的社團老友全來了，把裝潢工具擺一邊去，趁著假日，他們全擠在這裡，桌上是織子張羅出來的食物，不過已經被那些餓死鬼們吃光大半。

鬆餅也好，小西點也好，或者蛋糕之類的也罷，都不是我喜歡的東西，坐在一旁，看著阿泰在那兒接受大家的道賀，我一邊檢看這些咖啡用具。織子搬來給我，我又把它們搬到店裡。

「本店預計下個月中開幕，屆時請大家千萬別錯過開幕特惠活動。」阿泰把尿床妹規畫的活動細節高聲朗誦一遍後，忽然轉頭問我說，既然老友們都嚐到了本店即將推出的各項甜點美食，那麼是否也要讓大家一起回味一下，從前社團裡最常飄蕩的咖啡香。

「你們誰不會煮咖啡？想喝還怕沒人動手嗎？」我說：「東西在這裡，豆子也有，不如由你這個老闆來煮一杯給大家喝喝？」

那群人起鬨著，有人磨豆，有人燒水，也有些人負責清理桌面，騰出一塊空間來，阿泰則捋起袖子，準備大顯身手。

「小高先生不介意嗎？」織子忽然小聲問我，她說之前曾聽高妹講過，我視咖啡用具如命，任誰都不能輕易亂動。

「算了吧，只是點小東西罷了。」我聳個肩，看著那些人正手忙腳亂，他們其實都很久不碰咖啡了，一群人亂哄哄的。

「可是……」織子還想再說，而我發現菸盒空了，當下揮揮手，往外面走去。店旁不遠就有便利商店，但沒想到織子也跟了出來。

「小高先生是不是不開心？」她又問。

「也不是不開心，只是一群老朋友很久沒見，看到大家，難免想到一些以前的事，不過還好，那些都過去了。」我拆開剛買的菸盒封套，抽了一根，啣在嘴上，說：「只是有點百感交集。」

不曉得她懂不懂「百感交集」這四個字的意思，想了想，織子又問我：「小高先生，如果他們還請你煮咖啡，你願意嗎？」

「他們每個人都會煮，沒有非我不可。」

「那，如果是我，想請小高先生煮一杯呢？」她這一問，卻讓我停下腳步。

當年知道我為何退出咖啡社的只有阿泰跟尿床妹，但即使如此，他們也不懂那件事在我心裡究竟有多大的影響，別說是他們了，連我也是今天看到這些老朋友，才發現自己心中原來還存著那麼一大塊疙瘩。

抽完菸，回到店裡，那群人還在喧譁，過不多時，桌上已經煮出兩杯咖啡，不過大家淺嚐後都皺起眉頭，顯然手藝生疏，甚至我看阿泰連細嘴壺都拿不好，大概沉迷酒色過度，手抖得不像話。

「要不要換你試試看？」見我連喝都不喝他們的失敗作，尿床妹問我。

「這點小事還需要我？」我冷笑，「隨便派個代打都比他們煮得好。」

「誰？」她問，而順著我的目光，一群人紛紛看向織子。

沒有人會相信的，這麼個小女生可能連對咖啡的基礎常識都沒有，她要怎麼煮呢？織子張大了嘴，連忙搖頭，卻已經被拱到了桌前，她驚慌地看著我。

「先磨豆子，手沖咖啡的豆子別磨太細，像砂礫一樣就好。」我瞄了一眼阿泰，他剛剛就把豆子磨成了細粉，簡直是瞎鬧一通。

依照指示，先磨豆子，然後我叫織子在細嘴壺裡裝水，並放入溫度計，「留意溫度，差不多八十五度左右再開始沖。」

一群人圍了上來，他們不太相信能透過口述的方式教一個門外漢學會煮咖啡，但當年我也是這麼學的，那時的山羊鬍就坐在吧台外，看著我戰戰兢兢地第一次拿起細嘴壺。

我叫織子把咖啡粉倒進濾紙，安放在濾杯上，下面用小壺盛著，同時也拿兩個小咖啡杯來，這些都已經過暖壺、暖杯，保持著一定的溫度，並要織子先在洗手槽裡練習增加細嘴壺的傾斜度，一點一點地習慣熱水流出的速度，等她稍微適應，而水溫也降到八十五度左右，我說：「水從咖啡粉中間注入，慢慢地繞圈，先由內而外，再慢慢由外而內繞回來。」

那並不是一件困難的工作，我相信任何人都可以做到，哪怕是從無經驗的人。織子的動作並不流暢，但至少有模有樣，熱水注入咖啡粉中，竄起一陣撲鼻香氣，大家屏氣凝神，莫不專注地看著，大約幾分鐘後，黑褐色的咖啡透過濾紙滴入玻璃壺中，很快就大功告成。

「如果當年他肯這樣教其他同學，咖啡社應該不會那麼快倒。」阿泰嘆了口氣。

「是不是因為以前的女社員都太醜了？」然後有人問。

「你們以前那些女社員也能算得上是女人嗎？」然後尿床妹搖頭，我聽到所有人都同時嘆了一口氣。那真是個慘不忍睹的時代，我拒絕跟著一起回憶。

小心翼翼地斟起一杯咖啡，織子看看大家，還驚魂未定，儘管有我在旁指點，畢竟難掩慌亂，這時舉起杯子，卻不曉得該先遞給誰好。

「我是老闆，當然先給我。」阿泰伸手就要接。

「顧客至上，沒理由不給我們！」旁邊有人說話。

「照理說第一杯咖啡應該由妳自己先喝。」我告訴織子。

「妹子，」尿床妹忽然湊到織子旁邊，拍拍她肩膀，說：「如果妳一輩子只煮這杯咖啡，妳會想端給誰？」

若這已是此生中絕無僅有的一次咖啡香，妳希望誰來品嚐？

這種東西是這樣：剛好的溫度、剛好的萃取度，以及剛好的心情，喝起來就是一口好咖啡的味道。入喉時有些微苦，不急著吞下，口中唾液與咖啡稍微混和，淡淡的酸，但可惜是手藝粗糙些，略呈點澀味，但還好嚥下後有回甘。

「你不覺得這種滋味很像在形容愛情嗎？」阿泰忽然面帶憧憬地說。

「真昂貴的愛情，一小杯就賣一百五。」我搖頭。

我啜了一口織子煮的咖啡後，他們紛紛鼓掌歡呼，那種熱絡的氣氛有點詭異，不管是阿泰也好，或者是尿床妹也罷，他們的眼神彷彿都在說：張開嘴，吞下去吧，生魚片是你的了！

「小高先生覺得好喝嗎？」那時，織子問我。

「是咖啡的味道了。」而我點頭。

一杯咖啡的滋味確實很像愛情，連沖煮的細節都很像，它充滿了變因，誰也拿不準，有時神來一筆，會迸出一個好味道，但有時機關算盡，偏偏就算了個空。愛情是這樣，大概人生也是這樣。

早上十點半，我從公司出來後，本來打算直接回家補眠的，但心念一動，忽然想去店裡瞧瞧，前幾天的社團老友聚會後，他們把我的咖啡用具收好沒有？今天繼續裝潢施工，萬一把我東西碰壞了可不好。

煙塵瀰漫的店面裡，幾個工人正在忙，我走了一圈沒發現東西，有些納悶地回到家，才剛上樓，就發現家門開著，這裡變得不太像我家了，屋子被收拾得很整齊，菸灰缸倒空了，流理台裡的泡麵碗洗乾淨了，而那陣飄蕩的咖啡香更顯得突兀。

「妳今天不用上課或打工嗎？」我皺起眉頭，織子聚精會神在細嘴壺的出水量上，沒看我一眼，說早上已經去學校交過作業，打工則從下午三點開始。

「所以妳就跑進我屋子裡玩了。」我點點頭走到餐桌邊，而她剛沖好一杯咖啡。

「小高先生要喝一口看看嗎？」

「不要，」我搖頭說：「那一定是失敗的，因為妳注水的速度太快了，那麼大的水量沖下去，萃取效果肯定不佳，味道也好不到哪兒去。」

說完，我又逕自走到門外抽菸，似乎正要下雨，空氣裡聞到的盡是潮濕的氣息，這種氣味雖然讓人滯悶，但總好過詭異的咖啡香在我屋子裡飄來飄去。我在天台上逛了一圈，到處的水泥都透著黴黑。把東倒西歪的盆栽們給扶正，勉強欣賞它們片刻，最後我只好窮極無聊又走回來。

不去理會織子的忙碌，自己躺在沙發上看起電視，背後不斷傳來忙碌的聲響，她大概玩上癮了，居然沒打算要停的樣子，反正豆子是阿泰出錢買的，我也不用心疼。只是大約過了二十分鐘左右，我躺著躺著都快睡著，忽然覺得屋子裡安靜了，鑽進耳裡的，只剩外面下起雨的淅瀝聲。織子呢？好奇地坐起身來，只見她背對我站在餐桌前，沒有任何動靜，我好奇地起身，走過去，她是靜止的模樣，右手還握著細嘴壺，左手按在桌緣上，不曉得在發什麼呆。

「別沮喪，一開始沖不好都是正常的，這需要很長時間的練習……」我說著，走近，只見織子一臉出神，她不是盯著濾杯或咖啡粉，而是看著桌邊一張照片。

「這照片哪裡來的？」

「在小高先生放用具的箱子裡找到的。」她回頭對我說：「小高先生這樣子，很好看。」

那張照片裡的我頭髮稍長，沒看鏡頭，視線停留在細嘴壺注水的方向，右手握壺柄，左手則握在右手腕上做支撐，有點久了，照片裡的主角看來稍微稚嫩了點，不像現在這樣子。那應該是當年阿泰或誰偷拍的，我在社團沖咖啡的樣子。有點納悶，我以為照片應該老早不見了，沒想到原來塞在箱子裡。

織子看了很久以後，學起我的動作，依樣畫葫蘆就要練習，但比來比去，覺得似乎哪裡不對，她又停下來，再看看我。

「小高先生真的不再煮咖啡了嗎？」

「是呀，真的不想再碰了。」我點頭。這是實話，一來煮咖啡這件事對我的意義非常重大，二來我太清楚，咖啡這門學問根本就是無底洞，永遠投資不完，而我可沒那種閒錢。轉個身，我想走回沙發去，織子卻又叫住我。

「小高先生，你以前有因為別人，煮過咖啡嗎？」

「什麼？」我愣了一下。

「比如，為了喜歡的人？」織子這麼問時，雙眼明亮，眼神裡透著認真的光采，她沉吟著，指指心口，說：「我覺得，小高先生把門鎖住了，也許有一天，再遇到喜歡的人，小高先生就會願意，煮一杯咖啡，給那個人喝。」

沒說話，我嚥下一口心虛的口水。

「如果那一天來了，我想看。」她很誠懇地說，同時還低頭又去看看那張照片，說：「那時候的咖啡，一定是好喝的咖啡吧？」

那其實一點都不難，我只需要上前一步，接過她手中的細嘴壺，桌上所有東西都在，何只一杯咖啡，十杯我也能煮得出來，而她不需要全部喝下，只要一口就夠，就算已經隔了點時間，手感有些生疏，但我有絕對的把握，能讓她喝到阿泰所說的，很像愛情的滋味。

「小高先生？」她忽然叫了我一下，手略略移動，像是要把細嘴壺遞給我。

我該接手過來嗎？接過來煮杯咖啡，然後告訴她，那一天不必等太久，今天就是很適合的日子。我應該這樣做嗎？織子眼裡有探詢的意思，她是不是也在等我把一杯咖啡的弦外之音給表達清楚？在那瞬間，我的思緒轉了好大一個彎，繞過了所有我記憶中跟織子有關的畫面。

「如果有那一天的話。」我點個頭，叼著菸轉身往屋外的細雨裡去，不敢讓她看見自己差點就瓦解的一張面具。

每扇緊閉的心門都需要一把開啓的鑰匙，我知道妳是我的，卻也知道自己不能是妳的。

24

尿床妹說餐廳雖然訂好了，但一整天的生日總不可能只有晚餐時段，要我自己再安排點其他的節目。說是這麼說，但能安排什麼呢？

「去遊樂園玩。」阿泰提議。

「我不敢搭雲霄飛車。」我搖頭。

「去水上樂園玩？」他又說。

「我不會游泳。」我再搖頭。

「去兒童樂園總可以了吧？」他瞪我。

「我看起來很像兒童嗎？」然後我也瞪他。

他搔頭說整件事本來很單純的，怎麼到我手上就變得太過複雜。

「你有沒有想過，其實不需要考慮那麼多，別管她會留在台灣多久，反正現在她還沒回去，那你就追，追到了就在一起一陣子，等時間到了，她要走了，你就深情款款去送機，承諾很快就會飛去日本看她，這樣就對了。」阿泰說。

「但我沒錢買機票。」

「我有說承諾一定會兌現嗎？」他攤手，而我猜這就是人跟牲畜的最大差別。不知情的人會以為我跟阿泰彼此推心置腹，所有隱微細密的心事都能互相分享，是契合無間的死忠好友。但事實上根本不是這樣，十五分鐘前，我們在吧台前才差點打起來。

阿泰逼我擬出一份店內可以販賣的飲料清單，包括咖啡類、茶以及酒類，這些本來就是一家複合式輕食店所能販賣的內容。他對茶跟酒都沒意見，卻很計較我在咖啡成本上的預估。硬體上最貴的除了咖啡機，其他用具我們都有了，但我還是預抓了相當的成本在豆子上，阿泰有些不滿，他說豆子種類多寡姑且不提，光是最基本的幾款，我就估得比一般行情還要高，是不是哪裡搞錯了。

「你想賣出比便利商店更好的口碑，就必須用比人家更好的豆子。」我攤手。

「但是這樣根本沒有利潤可言。」

「你可以把每杯咖啡的單價拉高，這樣他們就會改點其他飲料。」我聳肩說：

「總之這不在我的考慮範圍內。」

「當一個合夥人就得什麼都考慮進去呀！」

「又沒人說要跟你合夥。」我這句話還沒說完，阿泰抓起他剛咬了半口的藍莓鬆餅砸過來，很可惜打偏了，而我手上的奶油小餐包跟著飛過去，卻剛好命中他鼻子，我們差點要越過吧台打起來，是織子急忙捧著她烤好的義式起司培根帕尼尼過來，用一陣香味讓我們收起了拳頭。

那種口感還挺特別的，既不像麵包，也不像吐司，不過我跟阿泰都一致認為非常好吃。織子說她跟一群同學去早餐店吃過，義大利籍的學妹認為那挺道地，還建議她可以再改良後，拿來店裡當成餐點。

「你們那裡有沒有印度人？我有點想吃咖哩。」阿泰想了想之後問。

「我想吃墨西哥莎莎醬，有墨西哥人嗎？」我跟著說。

「還有泰式打拋豬肉，泰國人有沒有？」阿泰立刻又接。

「那我再點一隻北京烤鴨好了，大陸學生總有了吧？」我說。

「都沒有。」最後是我跟阿泰沒有打起來，但織子差點掀桌子要揍人。

下午兩點，她還趕著回原本打工的地方上班，留下我跟阿泰在店裡。裝修接近完工，只剩後續的細部整理。抽菸時，阿泰問我是不是想吃生魚片，我點頭，但旋即後悔，因為一聊起織子的生日節目，他就開始亂出主意，最後我決定還是靠自己最保險。

傍晚時我跟一位客戶碰面，那位女客戶考慮了許久，終於決定要幫她全家人投保我們公司新推出的儲蓄型保單，這是一筆大收入。我備齊資料過去，又花了點時間跟她也在場的丈夫再做一次說明，等事情都忙完時已經晚上十點多了。本來想直接回家，但想著想著，機車卻往咖啡店騎過來，今天裝修師傅請假停工，我們在這裡吃吃喝喝也沒整理乾淨就跑，現在桌上還有一堆垃圾。

把東西收拾好，也把垃圾倒掉，我坐在桌前抽菸。小店的一面緊鄰防火巷，有明亮的玻璃落地窗景，整體色系都偏黑褐色，給人一種穩重的感覺。其實，這就是當年我們幾個人在社團裡討論過的，理想中的咖啡店模樣。那些年我們誰都想要這麼一家店，而若干年後，只剩阿泰能幫大家實現夢想。

細嘴壺是空的，拿在手上很輕，我擺了濾紙、濾杯，也摸了摸磨豆機的刻度，最後拿壺虛比，想像著有水柱正從細嘴壺裡流出，慢慢注入濾杯之中。我站定腳跟，放慢呼吸，手中的壺緩緩繞圈，依稀裡似乎就聞到了咖啡香氣。這個動作已經好多年沒做過，但不知怎地，我想起的不是自己以前煮咖啡時的樣子，反而是織子對著我的照片在依樣畫葫蘆時的畫面。

阿泰是個畜生，這一點無庸置疑，他再三慫恿，要我無論如何應該在織子離台之前，把握機會做好這次「國民外交」。真他媽的，我搖搖頭，實在很難想像，熱中咖啡店夢想的阿泰，跟小狼狗一般的阿泰會是同一個人。我不知道自己怎麼會想回到店裡，趁著沒人發現時，在這裡練習煮咖啡的動作，也不清楚這樣做的意義究竟是什麼，我想回味些往事，但腦海裡沒有往事的影像掠過；我想思考點未來，卻也看不見未來的方向。

最後我放棄了，點了一根香菸，拿起掃把來掃掃地，又將環境整理了一下，最後再把咖啡用具擺回櫃子上時，意外發現一個藥妝店的塑膠袋，我看了看，除了一包衛生棉，另外還有些瑣碎的雜物，這應該是織子的東西吧，因為最近幾天尿床妹沒來過。

把那個袋子跟一堆文件都塞進懸掛在車側的塑膠置物箱，夜雨紛紛，我拉起風衣外套的領子，穿過熱鬧繽紛的街道，一路騎了回來，途中在巷口的小攤子前還停下來買了點東西，就在我回到家樓下，停車時，織子正好走出大門口，她撐著傘要過馬路，卻被我叫住。

「這麼晚了還下樓呀？」我摘下安全帽，掛好，又打開置物箱。

「今天買的東西，好像放在店裡了，只好去一下商店。」她說起話來有點靦腆。

「如果是放在店裡的東西，那不用再買了。」說著，我拿出置物箱裡的塑膠袋，交給她。

「這個……」她愣了一下，有些不好意思。

「還有這個，」我接著拿出來的，是一碗巷口買的紅豆湯圓，熱的，「補血。」我說。

一個浪漫的男人會承諾妳千百般心願，一個好男人則在妳缺血時，準備一碗熱紅豆湯。

25

織子告訴我，在橫濱發展起來前，大阪曾經是日本的第二大城，那裡雖然繁榮，綠化工作卻進行得很完善。來台灣好一段時間了，她以前總覺得台北的綠地好少，今天卻因為一個小小的文創園區而改觀，看到那些老實講真是讓我一點也不希罕的綠色植物時，她臉上有開心的笑容。

「這樣好看。」從入口處走進去，繞過生態池時，她指指點點。

我拒絕了阿泰的各種爛提議，不想去什麼樂園，卻選擇了一個充滿文化氣息的地方。一邊漫步，我告訴織子，這兒的廠房興建於一九三〇年代，曾經是日本殖民政府非常重要的菸草生產據點，在當時可是非常具有現代化規模的工廠環境，而在光復後還繼續經營，直到一九九八年才結束生產，幾經波折後，現在這裡成為藝文展演的重要場所，以前它是松山菸廠，現在我們稱它為松山文創園區。

「網路資料？」她已經知道我習慣性地現學現賣。看我笑，她說我是最佳導覽員，但我心裡想，要當導覽員，那也得先看誰是走在我身邊的遊客才行。

近中午時才出門，天色微陰，我有些擔心會下雨。躊躇很久後，才決定了今天的行程。在網路上發現這個展覽，可再適合我們不過。那天我問織子，她在全世界卡通產量數一數二的日本，從小到大最喜歡的卡通人物有哪些，她第一個就說了台灣每個三歲小孩都聽得懂的日文，翻譯中文叫作「哆啦A夢」。所以我們就來看展了，買票時，我跟織子說，無論這隻藍色機器貓後來如何改名，它在我心裡始終都叫作小叮噹。

展區不大，大概是非假日的緣故，人潮也不算多，可惜的是沒帶相機。裡面有為數可觀的小叮噹巨型公仔，每隻公仔都搭配一項特殊道具，我們走得極慢，因為每項道具都帶著大家的童年回憶，織子說她小時候最想要的是記憶吐司，有了它，讀書就不怕記不起來，而我搖頭，說打從五歲起，我夢想中的道具就是任意門。

「為什麼？」

「考試沒考好，我開個門就去老師放考卷的地方，半夜拿回來還可以偷改；肚子餓了，門一開就能到已經打烊的餐廳去偷吃個飽；想去哪裡玩，門一開就能抵達目的地；甚至，口袋裡沒零用錢的時候，就到銀行金庫，鈔票跟金條愛搬多少就搬多少。」我說。

「小高先生小時候，都想壞的事情？」她咋舌。

「就算到了現在，我最愛的還是任意門，」我說：「以後妳回日本了，如果心情不好，只要打個電話說一聲，我就拿出任意門來，一打開，就能抵達妳所在的每個地方，這不也挺好？」

阿泰不只一次強調，要追求一個女人，噁心話是肯定不能省的，雖然以正常人類的道德良知而言，我必須有所節制，但都講到這等地步了，本來以為織子應該起碼會有個窩心笑容的，沒想到她的微笑裡卻帶著惆悵。

是哪裡出錯了嗎？有些狐疑，我暗自盤算，也許織子並不喜歡人家講這些？可是尿床妹昨天晚上也打電話來提醒，要我千萬把握這個重要的日子，她引述了阿泰的屁話，對我說：「眼界放遠點，等你嚐到生魚片的滋味後，自然就會忘記以前的滷肉飯了。」

什麼叫作機會？機會該怎麼把握？看了上百隻機器貓的公仔後，我心裡還在想，到底機會將以怎樣的方式呈現？而當它浮現眼前時，我又該怎麼把握？

展區的另一邊是卡通場景，提供給民眾拍照，雖然沒帶相機，但我們也逛得很開心，最後還在紀念品區買了織子夢寐以求的記憶吐司，她很開心地咬了一口，而我則為了寥寥幾片就要價好幾百元而心痛不已。

「妳現在的課業壓力很大嗎，還需要吃這個？」我問。

「學校很輕鬆的。」她搖頭，想了想，說如果現在吃了這種吐司，就可以記住一點什麼的話，那希望可以記住認識我以後所發生的每件事。

「為什麼？」

「小高先生人很好，」她很認真地說：「我很可惜，很久才認識你，相見很晚。」

「不是很晚，是恨晚，相見恨晚。」我苦笑。

我原以為華文中心的課程跟一般學制差不多，總會到六月底才畢業，但織子卻說她現在的課程已經接近尾聲，他們每年的課都從春天開始，按季節分為四期，她現在已經是中高級班的第四階段，雖然每周的上課時數只有十幾個小時，課程內容也很輕鬆，但學生們仍不能太過輕忽，有很多日常會話或文字閱讀的能力都得靠日常生活的累積或大量自修才行。這個階段結束後，她可以繼續申請就讀高級班，也可以拿到證書就回日本找工作。

「妳有什麼打算嗎？」我心頭一驚，如果冬季班念完就畢業，那她不就很快就會回去了？

「還不知道呢。」織子臉上帶著為難，看我一眼時，她眼神中有很多我讀不出來的複雜。

這本來應該是個美好的生日活動，不跑太遠，只是台北一日遊，我原先打算看完展後，帶她再去淡水走走，要是天氣好，或許也可以跑一趟陽明山，等傍晚五點半再回到市區，去那家尿床妹已經替我預定的餐廳共用晚餐，甚至，如果情況允許的話，我也考慮在那時候告白。不過計畫進行至今似乎不很順利，看展覽時，織子就給我一種鬱鬱寡歡的感覺，離開松山後，我問她是否還想到哪裡走走，她卻眉頭微鎖，有些放空，我問了兩次，她才回過神來，茫茫然間，說都無所謂。

於是事情就大條了，接下來該怎麼辦？正在躊躇，織子忽然笑著問我，是不是還有其他想去的地方。

「妳呢？」我沒回答，但是反問。

織子搖搖頭，像忘了我們原本是騎車來的一樣，她信步朝著園區外面走去，步伐不快，只是一點一點地走著，而我則跟在她後面，織子朝左邊看時，我會跟著看看左邊，她朝著右邊時，我也跟著望望右邊，這裡是台北，是我不算非常熟悉卻也絕不陌生的地方，織子像是想把這些風景都牢牢記在心裡似的，總不時停下腳步，多看幾眼。

轉上忠孝東路後，一步步地走著，愈往前是愈繁華的台北鬧區，才下午兩點多，行人不算多，國父紀念館外有不少遊覽車，都是大陸客盤據的地方。我們慢慢向前，經過忠孝敦化跟忠孝復興兩個捷運站，這當下沒有輝煌燈火，漫步時反而看得清楚，那些帶著水漬斑斕的建築物還有點醜，她像完全不覺得腿疲似的，都過了忠孝新生，已經走到華山文創園區，我幾乎以為她還打算再進去又看個什麼展覽了，織子這才停下腳步，轉個身，問我一個莫名其妙的問題：「小高先生，你有喜歡的人嗎？」

「為什麼這麼問呢？」我心中一顫，難道她打算在自己生日的這天跟我告白不成？

織子臉上帶著一貫的微笑，但那微笑是禮貌的、客氣的，並不是真正打從內心想笑的，坐在園區外面的小階梯上，她問：「小高先生認為，一個人，喜歡另一個人，可以喜歡到什麼樣程度呢？是不是一定要像上次說的，把自己喜歡的人，送給別人，要那樣才算得上是愛呢？」

「不一定吧，誰知道呢？」我聳個肩，點起一根香菸。

「我常常覺得，自己如果要喜歡一個人，就要很用力地、很用力地去喜歡，就算喜歡到快要死掉了也很值得，愛情，應該像那樣子才對。」

「那很深刻。」我點頭，但心想這年頭居然還有人抱持這種觀念，那這種人可慘了才對。

「可是，不是每個人都這樣想，對不對？」

「當然。」我說。

「我也覺得，」她也點頭，又說：「可是我還是不要改變我的想法，因為，我覺得愛情是最珍貴的，不可以隨便就給人家，也不可以說要收回來，就可以收回來的。」

「但如果妳愛錯了人怎麼辦？」我忍不住問，可是織子沒有回答。

我有些不明白，她是不是發生了什麼事，或者只是因為生日這天特別讓她多愁善感，才會有這麼反常的表現，平常時候的織子總是帶著禮貌與笑容，儘管不是特別活躍，但至少還算有精神。抽完一根菸後，我額頭忽然一滴，原來一直陰霾著的天空，最後還是下起了雨。

「想去哪裡避雨嗎？」我問，本來想說要不要真的陪她走進華山，但轉念又想，都下午四點多了，何不直接走回松山菸廠，騎了機車去餐廳呢？

「小高先生，你可以幫我一個忙嗎？」織子忽然抬頭。

「妳需要人幫忙的時候，我從來也沒缺席過。」我自以為說了一句很得體的話，但織子似乎沒有特別受到感動，也可能她根本沒聽懂我的弦外之音，拿出包包裡的筆記本，上頭記載了很多她日常中習寫的漢字，但最後一頁卻是個地址。

「可以帶我去這裡嗎？」她臉上是滿滿的為難，說儘管自己已經答應過我，要好好地站起來，重新走一段新的人生，但有些事提起後，真的很難說放就放，現在為了同樣的事又來拜託我，實在感到慚愧不已。

「那裡有什麼？」我不想聽太多的抱歉，直接問她那地址。

「他來台灣，是工作。」織子說前天晚上收到簡訊，那個遠在日本的前男友跟著公司的前輩來台洽公，預計今晚的飛機要離開，但他想見織子一面。

這是給織子一個生日禮物的意思嗎？我皺起眉頭，不知怎地竟很想循著地址去揍那個男的一頓也好，你他媽的自以為浪漫，來這裡蜻蜓點個水，但可壞了你老子苦心安排的一整天好戲，連帶地害我連告白機會都沒了。

「妳想去見他嗎？」我問，而織子點頭，說那個男生到台灣後還有留言，就在下楊的飯店大廳，他會在那兒等著，直到晚上非得啟程去機場為止。

「這次見到他之後，妳就會忘了他嗎？」我忍不住想這麼問，儘管這問題實在蠢到爆炸，但我就是想問，只是這次織子沒有回答。

一個人要花多少時間才能忘記另一個人？

答案是，如果她不想忘，那就永遠也忘不掉。

我才發覺，少了妳的長廊風景裡，什麼都缺，
而妳在堂前只寫下半句詩歌，卻成為我永生反覆吟誦的唯一。
但那麼多的眼淚流乾後，換來的會是怎樣的結局？

那首歌是這麼唱的，
「傳說中，癡心的眼淚會傾城，霓虹熄了，世界漸冷清。
煙花會謝，笙歌會停，顯得這故事尾聲，更動聽。」*

＊〈傾城〉，許美靜

26

張燈結綵地，小咖啡店裡擠了一大堆人，看著高朋滿座的畫面，我只能說尿床妹還真懂得打廣告，居然吸引了那麼多人，阿泰笑得合不攏嘴，他忙著到處跟人打招呼。開幕日這天太忙了，不賣手沖或虹吸式的咖啡，免得忙不過來，我只負責調其他飲料，織子處理餐點，另外我們還雇了一個小工讀生，專門看守一台咖啡機。那工讀生是織子介紹的，原本是她在另一家咖啡店打工的同事。我跟阿泰說這樣會不會有些不妥，一次挖角人家兩個員工，但阿泰搖頭，他徹底否認。

「生魚片是跟著你來的，這叫作嫁雞隨雞；小鬼頭是跟著生魚片來的，那叫作買一送一。」他攤手。有句俗話是這麼說的，樹不要皮，必死無疑；人不要臉，天下無敵。阿泰大概就是最佳寫照。

生意太好，致使我的手都快凍僵了，金屬雪克杯好像黏在手上似的，一杯調過一杯，幾乎沒有停過。尿床妹打出的廣告是今天所有飲品全都八折優待，她動動嘴皮子吸引一堆客人上門，自己卻在這麼重要的日子請假，跑到高雄去談生意，差點累死我們這些工作檯裡的人。

早上十點開幕後，一直忙到下午三點，我們完全沒有時間休息，好不容易客人少了點，終於能夠躲到角落去吃點東西時，其實早也已經不餓了。阿泰把內場工作交給我打點，我讓小鬼頭先吃飯，大約十五分鐘後再換織子，但織子卻搖頭說不餓。

我走進小倉庫裡，這裡暫時權充休息室，角落的桌子上還擱著我跟織子的兩個便當。嘆口氣，也不曉得自己今天到底在瞎忙什麼，拿起筷子，真的一點食欲都沒有，我頭還有點暈，因為每調一杯酒，自己總得試喝一小口，儘管酒精濃度很低，但一路喝下來，所累積的也不少。

「妳怎麼進來了？」我還沒拆開衛生筷，織子忽然走了進來，她說阿泰趁著人少，進櫃台幫忙支援，要讓她先吃飯。

「阿泰那傢伙根本靠不住。」我搖頭就要往外走。

織子本來已經要坐下了，見我要出去，她急忙起身，說要讓我先休息。而我擺擺手，說：「反正我不餓，妳吃吧。」

我叼著香菸走出店外，把店面交給阿泰跟小鬼頭。一口煙吸進身體裡，腦袋好像也清醒了些，同時還有一陣飢餓感襲來。但我不想再進休息室，在那裡，我不知道該怎麼跟織子面對面，怕找不到話說。

前兩天，星期四的傍晚，我損失了兩千元的訂金，沒吃到價值不菲的牛排，尿床妹幫忙代訂的紫色玫瑰也不曉得長啥樣子，當然，一番準備好的告白台詞更沒派上用場。冒著細雨，載著織子到那家飯店。那個日本男人的名字我想起來了，叫作野田康成，他跟織子約在飯店一樓，大廳旁邊的星巴克咖啡店。我本來不想進去，這種場合，別說人家可能嫌我礙眼，我都討厭自己的多餘。但剛到大廳外，我稍微一停腳步，織子卻拉拉我的衣袖，示意要我一起。

陪自己喜歡的女生來跟她的前男友碰面，這種感覺真夠窩囊了，但我不忍心拒絕，織子臉上有幾分期待，但更多的是徬徨不安。踏進大廳，人來人往，大廳與咖啡店只有一面玻璃牆相隔，可以看得很清楚，我本來已經下定決心，陪織子進去後，自己只要站在一旁，默不作聲就好，但沒想到才踏出兩步，朝著咖啡店過去，織子卻忽然又駐足，她站在一根極粗大的圓柱邊，遮住了自己半個身影，而我沒有任何掩蔽，眼睛望向咖啡店內。

店裡人來人往，幾乎每桌都坐了兩三個人，看來都不是我們要找的對象，唯有最角落那裡，一張小圓桌邊，有個看來還挺瘦削的年輕男人，他穿著筆挺的西裝，留著整齊好看的短髮，非常專注地望向玻璃窗外的街道。

「是他嗎？」我沒伸手去指，但織子知道我說的是誰，她點點頭。

大約有幾分鐘的安靜，我們雖然置身在豪華的飯店大廳裡，卻完全沒能融進這幅畫面中，或許那個男人也是，我們都脫離了這個現實世界，成為彼此牽絆卻又帶著距離的獨立存在。儘管飯店大廳裡洋溢著輕柔的鋼琴音樂，身邊不斷有人穿梭走動，在這個富麗堂皇的挑高空間裡，多少旅客與飯店人員正演繹著一場永無休止的時空關係，但我們三個人卻沒有受到任何影響，彷彿從不曾存在於此處，只是與這裡有短暫的空間交疊，對比於那不斷的移動，我們是永恆的靜止與沉默。

「不進去嗎？」我又問，可是織子依然搖頭，她沒向我看上一眼，視線始終盯著咖啡店裡的男人，那眼神是我從沒見過的溫暖與悲傷，直到最後，她流下了眼淚。

大概是從尿床妹那裡得知的消息，那天很晚了，阿泰忽然打電話來，劈頭就問我生魚片好不好吃，我回答叫他去死，不料他在半小時後忽然跑來，陪我在十二樓的夜色中乾掉樓下買來的半箱啤酒。喝酒時，阿泰問我有何打算，我想了想，卻什麼也說不出來。這世上原來有很多事，不是我們怎麼打算，它就會照著打算的方向走的。

於是我慶幸於自己始終沒有貿然表態，否則她大概老早疏遠我了，而事到如今，親眼見證過那一幕後，我想自己還是識相點比較好，沒得選擇也是一種選擇辦法，所以我試著避開，織子的心裡既然有一塊我怎麼也無法觸及的角落，那最好就別再勉強了，以免最後大家都受傷，誰也沒好處。

「別發呆，進來開工了。」忽然，阿泰從後面叫著。在我把香菸熄掉時，心裡諸多盤算的最後結論是，如果織子始終無法清理出心中那塊始終被牢牢佔據的空間，那麼我就永遠不要表露自己的情感，甚至還會努力遠離她，這是為了彼此好，同時也是我心理的潔癖使然，我不想讓喜歡的人有所負擔，更不想成為誰的替身。

回到店裡，繼續工作。在咖啡社的那段日子，除了煮咖啡，我們也經常跟觀光系的學生交流，那時我偷抄了一本人家的酒譜回來，現在剛好有發揮的機會。阿泰說剛剛有客人跟他點了一杯長島冰茶，而我聳肩告訴他，長島冰茶很簡單，你看到的各種調酒都加進去，最後倒上半杯可樂，那樣就對了。

「你該不會每一杯都給我這樣亂調吧？」他瞪眼。

「不高興你可以開除我呀。」瞄他一眼，我說。

當晚沒人記得開幕前一天阿泰說過的慶功宴，我們全都累癱了。打烊後，那些器具還得慢慢收拾，大家離開咖啡店時已經接近凌晨。我的機車就在店外，阿泰是開車來的，也停附近而已。外頭不知何時下起細雨，冷冷清清。

小鬼頭可以讓阿泰送回去，反正順路，但織子則只能讓我載。在店外，陪小鬼頭等阿泰開車到來後，我熄掉抽剩的半根菸，叫阿泰幫個忙送織子回去。那當下他們兩個都一愣，織子還沒開口，我說：「在下雨，淋雨回去會感冒，阿泰有車，比較方便。」

這是事實，也真的安全許多，當他們三個上車後，我獨自坐在野狼上，又點了一根香菸，細雨沾身不濕，我慢慢把菸抽完，然後才不穿雨衣，慢慢騎車回家。那一路上我試著好好整理想法，卻徒勞無功，各種想法紛至沓來的結果就是讓我反而愈發糊塗，根本無從著手，我既不能一一去釐清，也歸納不出結論，我想欺騙自己，說這份好感並不存在，一切都只是別人推波助瀾，以及過多的親近相處才產生錯覺，然而這未免自欺欺人，欺騙自己清心寡欲，過過蟑螂般的小日子還可以，但感情可是騙不了人的，所以我能做的，就只是閃躲，因為總免不了會有離別的一天，就算我清高偉大地認為最美的愛情就在於成全，但那可不表示我成全別人時還要帶著椎心刺骨的苦笑。為了避免那種傷痛，老子寧可躲開點，起碼眼不見為淨。

夜深了，可是台北有些地方依舊繽紛，我放慢車速，好好享受雨中騎車的悲哀感覺，快到家時，我想，織子他們應該先抵達了，她會不會在樓下等我？如果會，或許我還可以跟她說點什麼，也許有些前幾天沒機會講的，我就一股腦都說了也不一定。

但她會在那裡等我嗎？像她曾經為我煮過一碗天使拉麵那樣，很貼心地等我嗎？接近巷口，放慢速度，我特別張望了周遭，但很可惜，暗巷裡空空如也，連臭豆腐攤子都打烊了，只剩便利商店的招牌孤單地亮著。

於是我把車停好，慢慢走進門口，進了電梯，緩緩升上十一樓，再沿著階梯，走到十二樓的小屋門口。剛掏出鑰匙要開門，但我總覺得不想回家，站在那兒，有些難過的感覺，我又點了一根菸，卻連一口都沒抽，腦海裡始終有她坐在阿泰的車上，隔著車窗看向我的眼神，透著疑問，像是想從我臉上瞧出點什麼，但那時我只低下了頭，假裝什麼都沒看見。

她如果會在樓下等我，或者在十二樓的陽台上等我，或許這故事就完美了，對不對？嘆氣，我還是熄掉了菸。

妳在故事裡只留下一個回眸，卻成為我反覆思念的唯一畫面。

真實人生跟偶像劇的最大差別，就在於偶像劇為了收視率而容易有感人肺腑的特殊劇情安排，但因為我們活在擁擠、紊亂，而且交通警察一直開罰單的台北，所以只好忍痛接受很多現實中的不完美。

我因為紅燈右轉而被開了一張罰單後，忽然有了這一層領悟，間接地，似乎也就能明白，開幕日那天晚上，織子讓阿泰送回來後，沒多等我一下的緣故。阿泰說他車子才開出店外不久，車上兩個女孩子就都累到睡著，試問，在那樣疲倦的狀態，誰還有心思去想那麼多？要換作是我，我也只會想快點回家睡覺而已。

一週前的開幕日大成功加深了阿泰的信心，他迫不及待想增加更多的餐點與飲料內容，但我跟尿床妹都提醒他欲速則不達的道理，現有的人手不足，擴編又增加成本，那都不是一天兩天能搞定的事，儘管如此，阿泰的想法還是沒有絲毫動搖，這點光從他拿了一筆錢給織子去張羅新食材的動作就看得出來。

「小高先生要一起去嗎？」問我時，我剛整理完一疊保單資料，織子站在門口，但我搖頭，說今天下午還得進公司一趟，最近幾天常在店裡幫忙，我自己的本業都快荒廢了。

她給我看了食材清單，份量其實並不少，單憑一個弱女子是拿不動的，而且沒有交通工具，她只能搭計程車。但我覺得這樣或許也好，一來我騎機車載她，那些東西也不好運，二來是我根本不想跟她一起出門。

你如果知道自己在一段愛情裡不管做了多少都肯定出局，那你還會想去做什麼嗎？我對著鏡子，問自己，然後搖頭，所謂的肯定出局，表示還曾經入局過，可我應該連拿到入場券的資格都沒有獲得過吧？即使心知肚明自己的處境，我還是很難放得下心裡的牽掛，尤其是當織子被我婉言拒絕後，雖然嘴上說沒關係，但眼神裡終究難掩的失望之意，總一直盤桓在我腦海裡。

可是我又能怎樣呢？點了根香菸，站在屋頂上吹風，這城市騷動不安著，到處傳來各種雜音，晚上看似浪漫點，但白天這滿屋頂到處亂拉的電線或天線可醜陋得很，我嘆口氣，坐在牆邊的小椅子上發呆。

進公司只是個幌子，那些資料根本不急著送，我知道自己缺乏動力，也知道自己開始萌生退意，我在一段恐怕沒機會開始的愛情裡，失去了繼續打動對方的衝勁，但問題是我不能讓織子看到我臉上的複雜表情，以免對她造成什麼負面影響，萬一她以為我打從一開始跟她熟絡就是別有企圖，那可就很不妙。不過話又說回來了，我到底是哪時候開始對她有企圖的？而我也忽然想到，織子在台灣的日子還有多久？這像是一場比賽，我老是在等，等織子把心裡的位置空出來，織子曾經對我也對她自己承諾過，會慢慢放下從前的回憶，要重新展開自己新的人生，但那一天究竟何時才會到來？而另一方面，時間卻是我最大的競爭對手，會不會直到她要結束台灣的一切，即將離開的那天，我都等不到自己粉墨登場的機會？萬一真是那樣，那豈不是冤枉至極？這問題說遠不遠，但說近卻也不近，只是不管怎麼樣，我現在真的完全提不起勁來就是了。

想得太遠了，我搖搖頭，把這些無聊思緒趕出腦海，香菸不知何時早已抽完，我隨手將菸蒂扔到旁邊的花盆裡，走進屋子裡找飲料喝。

冰箱裡空空如也，只剩半瓶冰水，一邊喝著，一邊看著小餐桌上還堆著些零散的食材，那些都是織子用剩的。我想，或許應該把它們清理清理，都搬到店裡去。

今天是店裡的公休日，一週來，我每天早上從公司離開後就到咖啡店幫忙，但其實也沒啥好幫的，很多事情都有織子跟小鬼頭打點，而且阿泰從機械公司離職後，每天都坐鎮店裡，我充其量不過是去陪他抽菸而已。前幾天阿泰問我何時要開始賣手沖咖啡，他說看膩了咖啡機煮出來的東西，但我依舊搖頭，還叫他繼續訓練織子就好，少打我的主意。

喝完水，動手收拾桌面，有些該扔的就扔了，其他的都裝在小紙箱裡，我盡量不去想織子剛剛的表情，甚至也不去想任何與她有關的一切，我不曉得自己碰觸那個心裡的角落時，到底該用什麼心情來看待才好，如果可以，我想把所有與她有關的記憶或痕跡，全都一起裝進箱子裡，而且永遠都不打開。

忙了半天，最後還順便掃了地板，整理過廚房，儘管已經入冬，我還是忙得滿身大汗。沖過澡後，眼看時間接近中午，等頭髮乾時，叼著沒點的菸又晃到屋外，百無聊賴，正猶豫著要不要先吃午飯再去公司，結果從這邊屋頂上看過去，巷子那邊慢慢走來一個身影，搖搖晃晃，織子沒搭計程車，她居然手捧一個箱子，正步履蹣跚地走進巷子來。

為了阿泰交付的使命，她今天蹺課出去採買，可是未免也太克難了吧？怎麼不搭車呢？那一箱東西的分量應該不輕，織子居然捧著它用走的？我急忙就想下樓去接應，可是才剛轉身，猛然又停了下來。這干我什麼事？阿泰又不是交代我。況且出去採辦貨物，阿泰一定會給車錢，是她自己選擇要走路的，那我又有什麼辦法？而且，我如果就這樣急忙忙跑下去幫忙，那豈不是很怪？也讓我盡力想迴避她的用意全都白費了？想著，我停下腳步，決定還是做罷，再轉頭，織子已經走到大樓下，十二樓高，我瞧不見她的表情，但從她捧著一個大箱子，身體朝後仰的姿勢看來，東西真的不輕。

有些良心不安，可是我總算壓抑下那股想去幫忙的衝動，走回屋子裡換好衣服，乾脆直接出門算了，還管他頭髮濕不濕，反正台北的冬天沒幾天太陽，搞不好待會出門還會下雨。

「咦，小高先生還沒出門？」我剛把香菸、鑰匙跟手機都塞進包包裡，織子已經上樓，她手上是空的，看來那一箱食材都在九樓，她說要開始嘗試開發新口味的餐點，卻發現有些用具在我這兒。

把我這裡整理出來的東西交給她，有些心虛，我說本來已經要去公司了，但身體不舒服，所以才稍晚了些。

「是感冒嗎？需不需要去醫院？」一聽我說身體不適，她立刻有了擔憂的神色。

「大概是受了點風寒，不礙事的。」我擺擺手，心虛至極，幾乎連跟她對眼都不敢，我只想快點溜走。

「不舒服的話，還是請個假，去醫院好嗎？」她都快忘了自己上樓來幹嘛，我走出門口時，還跟上來問我。

「晚一點吧，晚一點有空的話。」我幾乎連頭都沒回，急著就走。

他媽的，有沒有人可以替我去告訴她，拜託別再這麼好意地關心別人了，這很容易造成別人的誤會好嗎？她是一片好心，想勸我去看醫生，卻只更加深我的惶恐，讓我連走出自己家門都得用逃的，下樓後，我騎上機車，就怕她還在十二樓的矮牆邊看著，我頭也不敢抬，催急油門就跑。

公司沒事，文件送完後就能回家，但因為心裡有鬼，我有些心不在焉，大馬路上亂晃了好一大圈，最後看看時間，已經下午兩點多，心想織子要嘛待在九樓自家忙料理，再不應該也到店裡去了，這才緩緩騎車回來，而機車停妥後，我兀自不放心，從十一樓踩階梯上去時還生怕她在我家。

她會不會覺得我躲得太明顯了？如果會，那我該怎麼辦？現在陪著阿泰攪和在那家店裡，跟織子總有照面的機會，接下來我又該怎麼閃避才好？有些懊惱，早知道不該讓她去阿泰店裡幫忙，現在反而造成我的困擾。有點沮喪，我一階階地走上來，忽然覺得每一步都無比沉重。走上樓，一轉眼就看見我的屋門關著，看來織子已經離去，有種鬆了口氣的感覺，我掏出口袋裡的鑰匙，再走兩步，正想去開鎖，卻看到喇叭鎖上掛著一個小塑膠袋，納悶著打開一看，本來已經寬下的心，瞬間又緊緊地綳住，我感覺自己的心臟像被大槌狠敲了一記，有種差點喘不過氣來的感覺，而再接著，居然是一種想哭的感覺油然而生。那個袋子裡，裝著各式各樣至少七八種感冒膠囊，另外還有一張小紙條，織子用她好看的字跡寫著：「小高先生請保重，祝你感冒快好，福如東海，壽比南山。」雖然後兩句有點不倫不類，但那是我曾對她解釋過的成語，她都記得，而我看著看著，有一種難過得快哭出來的感覺。

妳始終都記得的，我也從來沒忘過。

28

當初剛搬來時，房東曾提議要幫我換鎖，那時我覺得沒必要，家徒四壁還有什麼賊要光顧？但後來我發現自己錯了，就算不防賊，起碼換個像樣的鎖，就能避免任何人恣意打開我那形同虛設的喇叭鎖，而我也不需要過著一個人在家還不能光屁股走來走去的壓抑生活。

「這房子是有契約的，契約上面寫，高振偉是合法的房屋使用者，非經他許可，別人理論上不能隨便進來才對。」我說。

「可是我家的戶口名簿上，也把你跟我寫在隔壁欄位，這證明我們是一家人，理論上，有很多東西我們應該不需要刻意畫分彼此才對。」高妹理所當然地走進屋子，把背包隨便一擱，非常當自己地盤地蹺起二郎腿，坐在沙發上開始看起電視，姿勢很不雅，連內褲都被我看到了。

「織子呢？」她問。

「我怎麼知道，要嘛上課，要嘛上班，大概就這樣吧。」頭也不回，我坐在餐桌邊的凳子上繼續閱讀一本調酒書。

高妹說她剛結束一個森林生態觀察的實習，這幾天難得休息，想到阿泰前陣子廣發簡訊，告訴全世界咖啡店即將開幕的事，所以特地搭車北上，也想順便看望織子。

「阿泰居然連妳也通知了。」我嗤之以鼻。

「既然他都開了店，你也跟著下海了，我當然要來看看呀。」說著，高妹問我跟織子現在發展情形如何，瞧她一臉存心看戲的樣子，我哼了一聲，說什麼也沒發生，還真是讓觀眾們失望了。

「完全沒有任何進展嗎？你到底是幹什麼吃的？」她瞪眼。

於是我只好把書放下，點起一根菸，大概說了最近發生的事，我說人家既然心裡還住著另一個人，那就表示暫時沒有容納我的空間，既然如此，做人又何必自討沒趣？所以我現在只想有多遠閃多遠。

「你是廢物嗎？她心裡住的人不早已經是過去式了，還有什麼好怕的？」

「過去式也分很多種，有過去完成式，還有過去進行式。」我說自己不想當個一廂情願的傻子，高妹說一廂情願的癡心才是最美的愛情；我又說最美的愛情往往都是最失敗的，為了省下之後可能有的各種麻煩，我寧可現在按兵不動，甚至保持更遠的距離，如果老天爺願意賞臉，那以後的事情可以以後再說，但她再搖頭，說只有廢物才會找一堆爛理由，於是我說：「妳現在可以滾回高雄去了。」

店裡有員工班表，阿泰當然是全天班，而我負責白天到下午，織子跟小鬼頭則依據學校課表有彈性調整。到店裡時，織子還沒來，我看到小鬼頭在吧台忙進忙出，阿泰則跟一桌女客人正聊得挺開心，瞧那副熟絡模樣，應該是他的粉絲團來捧場的。

我皺眉，如果每次朋友來都要招待，那店一定很快就倒，正想找機會提醒阿泰，沒想到那群女客人走到櫃台邊點單後，居然肯乖乖掏錢付帳，我心裡對阿泰真是由衷佩服。

午餐時段過後，到下午茶時段之間是短暫的冷門，我在吧台裡調了幾杯濃度很低的雞尾酒，一來是嘗試新的款式，二來正好讓阿泰拿去做人情。

「怎麼不賣單品咖啡？」高妹翻著菜單問。

「好問題，因為有位大師非常擺架子呀。」我還不及回答，阿泰已經走過來開口，「他沒煮咖啡的手感，所以我們就沒得賣了。」

我聳個肩，不置可否。菜單上的飲品項目已經不少，機器可以做出來的調和式咖啡也很多，如果只是站在做生意的立場，我認為不賣單品也無所謂。

「我倒不認為阿泰只是為了想賺錢才叫你煮咖啡。」我到外面抽菸時，高妹跟了出來，她說：「或許在他們的觀念跟印象裡，你大概只有煮咖啡的時候才是活人。」

「難道我現在沒有心跳？」

「就算有，我看頂多也只能是個植物人。」而她居然笑了出來。

被自己的妹妹這麼瞧不起，真叫人感到沮喪。午間只有零星的客人，我讓高妹在店裡到處走走看看，到了下午三點半後，透明玻璃的店門被推開，織子走進來一看到高妹，立刻開心地上去跟她寒暄招呼。

也許是因為客人多了，也可能因為看到高妹而開心，織子顯得很有活力，她不斷忙進忙出，我看到一直有食物放在托盤上，讓客人依號碼領取，這中間她幾乎沒有休息，但還是抽空跑過來問我感冒是否好了一些。那時我有點疑惑，但隨即想起那個爛謊言，當下只好乾咳兩聲，並感謝她幫我買的成藥。

「因為不曉得小高先生是哪裡不舒服，」她比比喉嚨又比比鼻子，說：「所以只好都買了。」

「謝謝妳，所以我也都吃了。」我笑著回答。

她趕著做事，而我看小鬼頭在飲料方面應付裕如，當下便退了出來，寧可坐在角落裡。在那兒翻著雜誌，或者抬頭看看懸掛牆上的液晶電視，也不曉得過了多久，高妹忽然又踅到我旁邊坐下。

「那本雜誌裡提到，最近有兩支值得投資的新上櫃股票，有沒有興趣？」她指著桌上我剛翻過的雜誌，但我搖頭。股票？我連股票要去哪裡買都不知道。

「對了，你剛剛有沒有聽到電視在講，這兩天會有鋒面，北台灣大概會一直下雨？」然後她又問，這回我點頭，噢，有鋒面，那表示又要變冷了。

「高振偉，你真的不打算承認嗎？」高妹嘆了口氣，忽然捲起雜誌敲了我腦袋兩下，讓我大吃一驚，整個人差點跳起來。

「承認什麼？」

「植物人呀。」她嘆口氣，攤開雜誌，說：「這是一本文學雜誌，裡面不會有股票資訊。」又指電視，上面正在播出的是國家地理頻道，說：「這節目一整個小時都在講企鵝交配的事，根本沒有氣象報告。」

「是嗎？」我愣了一下，而高妹點點頭。

是這樣嗎？那我剛剛到底眼睛都看到哪裡去了？一臉茫然，我還沒搞清楚怎麼回事，高妹看看我，又看看廚房的方向，於是我跟著嘆氣，原來不管雜誌也好，電視也罷，我真正看進心裡的，是織子剛剛做了兩個總匯三明治、一份藍莓鬆餅、一盤炸薯條，還有一份燻雞帕尼尼，她在端出薯條時，不小心掉了一根，而端出鬆餅時，鼻尖湊近了盤子，聞到香味，臉上是開心與滿足的笑，織子在微笑時，眼睛瞇成了線，配合她今天粉紅色的小耳環，非常可愛。

我看進心裡的，都是我不敢看進眼裡的。

「先把茶包泡開，看顏色變紅之後，再加一點冰塊降溫，等溫度降下來了才能倒檸檬原汁，對，不用多，半盎司就好，然後再加一盎司糖漿，最後冰塊加滿一起搖。」我對著電話口述玫瑰檸檬花茶的製作方式，這是店裡剛引進的新花茶口味，小鬼頭還不熟悉。

熱風吹拂，讓人非常不舒服，我在陽台抽菸講電話，才不過兩分鐘時間，已經滿身大汗。從台北南下，沒想到高雄的冬天還這麼熱。

我在電話中交代小鬼頭，店裡幾種新的花茶飲料都有不同的沖泡方式，一一仔細說明後，掛電話前，她問我有沒有其他事情要交代織子，而我愣了一下後說沒有。有什麼好交代她的？她負責的是餐點，那些從來也不歸我管，要交代也應該是阿泰去交代才對。

此刻身在高雄的我著實不懂，人家高雄區的教育訓練，我們台北的業務跑來湊什麼熱鬧？但我的主管特別叮囑，說這次的講師非常優秀，要我多學著點。能學什麼呢？我其實都快離職不幹了，反正保險賣來賣去也賣不好，還不如到阿泰的店裡去領薪水，至少也安穩些。

離開飯店，一個人在高雄街頭閒晃，這裡總洋溢著一股喧騰與熱鬧的氣氛，人與人之間感覺不像台北那麼疏遠。徒步走了好久，我在文化中心外面的階梯上坐著，腳痠了，抽根菸，腦海裡回想的是前幾天的事。

那天我提著一整袋廠商送來的各種試喝茶包回家，一開門就看到高妹坐在我的沙發上，雙手像握著方向盤似的，一直轉來轉去，嘴裡還念念有詞，問她在發什麼神經，她說最近去駕訓班上課，現在雖然沒車可開，但有些口訣與轉方向盤的手感還是要多練習。

「神經病。」我不想理她，正準備去泡茶，高妹忽然問我是不是真的打算放棄了。

「你不覺得很可惜嗎？」她說：「感覺上你並不是完全沒有機會才對。」

但我搖頭。高妹指的還是織子的事，雖然不想再談，但為了避免她繼續囉嗦，我又說了一次織子生日那天所發生的事，並補上自己更多的心情轉折，我說認識織子的時間雖然不長，但人只有在某些時候才會出現的眼神變化，那天，我是真的在織子眼裡看到了。

「所以你才變成縮頭烏龜？」

「這叫作識時務者為俊傑。」我哼了一聲，拿出器具，準備燒熱水泡茶，同時也告訴她，如果始終等不到織子從過去的挫折中重新站起來，那麼，哪怕她哪天真要回去了，我也會忍住，不把感情表露出來。

「你不覺得那會是遺憾嗎？織子從頭到尾都不會知道你喜歡過她耶！」高妹說。

「就算是這樣也無所謂。」我堅定地說。

「搞屁呀，這種堅持到底有什麼意義呢？如果都只能是遺憾了，為什麼不讓遺憾美一點？你們這種現實的男人哪，真是一點也不浪漫。」她嘟噥著，坐了回去，不想跟我多聊，又玩起假裝開車的愚蠢遊戲。

但那當下，我卻然好像被電了一下，腦袋裡想的都是高妹的那句話，好像有點道理，如果都只能是遺憾了，為什麼不讓遺憾美一點？

這似乎是一句很有道理的話，雖然站在大人的觀點，我們認為這叫作無知少女的美麗幻想，但那多少也具有一點參考價值，所以我才一直記在心裡。

還不算太晚，晚上大約十一點左右，不想回飯店，公司安排四人房，另外三個都是滿口生意經的大哥級人物，我實在不太想聽他們吹噓，望著這時段還在文化中心廣場上活動的人們，我一邊享受發呆的悠哉，但同時也看到一個怪異的年輕人，他在那裡跳舞，舞步瞧來有點類似街舞，手腳很俐落，充滿了律動感，但我納悶的是這兒又沒音樂，他是怎麼抓節奏的？而且街舞通常不都是一群人一起跳嗎？他一個人在那裡手舞足蹈什麼？

看著看著，我覺得納悶，但那是人家的事，只見他跳了一陣子就停下來喘喘氣，似乎很累的樣子，可是才休息不到片刻，立刻又跳了起來；停下來喘息時，他會原地來回走上幾步，臉上偶爾會露出開心的微笑，伸手擦擦汗，足尖點點地，忽然又開始下一段舞蹈。

靠，應該是腦袋有問題吧？沒音樂都能跳成那副爽樣子，我直覺認為他應該哪裡有問題。看夠了這瘋子後，我想再抽根菸，卻發現菸盒空了。無奈中，站起身來，本來打算慢慢走回飯店了，但又覺得口渴，於是我晃呀晃地，晃到販賣機旁邊，買了一瓶可樂。剛旋開瓶蓋，喝了兩口，後面忽然有人說話，嚇了我一跳，那人問我能不能跟他換點零錢，而我一瞧，不正是那個獨自跳舞的瘋子？

只剩二十元零錢，沒辦法跟他換整數，我看著大汗淋漓的這人，把零錢直接給他，說乾脆請他喝瓶飲料好了。那人年紀大約二十來歲，客氣地就要拒絕，但我說沒有關係，把錢投進販賣機裡，讓他自己選。

「我剛看到你在跳舞。」我忍不住問他，「可是你好像沒有準備音樂，這樣跳不會很乾嗎？」

「這麼晚了，不能放音樂，會吵到別人。」他點頭，指指腦袋，尷尬地笑著說音樂都在腦海裡，他把配合舞蹈的旋律都記熟了，一邊想像著音樂，一邊就能跳出舞步。

「這麼厲害？」我咋舌，好奇地問他是不是要參加什麼比賽，才需要如此苦練，但他又搖頭，臉上是比剛剛更尷尬的苦笑，拉開運動長褲的左邊褲管，我看了差點昏倒，那居然是金屬支架，原來他左腳竟是義肢。

「前幾年車禍，截肢了，所以就算有音樂，我恐怕也沒辦法完全跟得上拍子，只能這樣自己跳爽的，本來我有機會參加全國大賽的，沒想到撞個車就什麼都沒了。」他淡然一笑。

「你已經是一個很棒的舞者了。」我驚訝之餘也忍不住由衷讚嘆，又問他現在是不是還打算繼續苦練，準備再參加什麼比賽，重新開啟新的舞蹈生涯，可是他卻搖頭，說了一個讓我愣然的答案，他說現在這樣子，什麼比賽都不可能了。

「那你為什麼……」我忍不住想問，但又覺得有點不禮貌，一句話因此沒能問完，可是他已經知道我的疑惑，按了一瓶運動飲料，他說：「人活著不能做什麼都光看結果，不然很多時候根本活不下去，對吧？」

「話是沒錯……」我點點頭。

「很多人都覺得我太固執，或覺得我一定是瘋子，都不能比賽了還練什麼練？可是我不這麼想，」他打開飲料，一口氣就喝掉半瓶，滿足地喘氣，他笑著對我說：「我跳舞，只是為了要感覺自己還活著而已，至於能不能比賽，或者比賽結果怎麼樣，甚至跳得好不好、有沒有人欣賞，嘿，誰在乎呢？」

我聽得目瞪口呆，一時間不曉得該說什麼才好，他忽然拍拍我肩膀，拿起飲料，說句「謝了」，然後輕鬆地轉身，自然而輕便的模樣看來根本不像個裝了義肢的人。

而我愣在原地，比起高妹說的那些，這個陌生人的幾句話更像一支大鐵鎚，狠狠敲開了我的腦袋一樣。過了良久後，我拿出手機，撥了一個好久沒撥的號碼。

「小高先生還沒休息呀？」織子的第一句話就問我感冒到底好了沒有。

「早就好了，妳呢？這兩天工作還順利嗎？」我忽然有一種說不出來的複雜心情。織子說她才剛下班回到家，她說小鬼頭這兩天都請假，雖然有阿泰支援，但她又忙餐點，又忙飲料，差點就累死了。

「我明天下午就回台北，會先到店裡去，妳不用擔心。」

「好的，有小高先生在，我可就放心多了。」電話那頭，是她開心的聲音。

那當下，泫然欲泣的感覺油然而生，我心中暗罵，高振偉你啥時候變得像個娘們似的，動不動就這麼多愁善感了？聽我一會兒沒說話，織子以為電話斷了，她「喂」了兩聲。

「我還在，」收攝心神，我想了想，問她：「嘿，我不在的這幾天，妳好嗎？有沒有稍微想我一下？」

「很想你。」不管是哪一種關係裡的想念，她說想，我就開心了。

或許這顆心從不是妳最想要的，卻是我唯一能給的。

「還記得上次我告訴過妳，注水的速度愈慢、浸泡時間愈久，沖煮出來的咖啡就愈濃，這是因為萃取時間拉長的關係，尤其妳的豆子磨得好細，這樣煮出來的咖啡就不只是苦而已了，簡直跟中藥一樣。」我接過織子手中的細嘴壺，看了一下她煮的咖啡。

很多步驟需要重新再教一次，這回我拿了另一個長嘴壺，站在旁邊比畫示範，雖然沒有親自煮，但至少讓她看到動作怎麼做。

店裡洋溢咖啡香，連小鬼頭也有興趣一起學，慷慨的阿泰絲毫不介意她們如何糟蹋昂貴的咖啡豆，卻跟我走到外面來抽菸。

「我覺得你們這些人都怪怪的。」阿泰指指腦袋說：「尤其是這裡。」

「為什麼？」

「幾天前，你看到生魚片就跟看到鬼一樣望風而逃，但是剛才卻站在距離她二十公分不到的地方，還跟她有說有笑。」阿泰忽然轉個話題問：「高雄天氣好嗎？」

「還不錯，大太陽。」我愣愣地點頭。

「那就怪了，我以為你出門一趟可能被雷打到，不然怎麼像變了個人似的？」結果他狐疑地看了我一眼。

台北的天氣不太好，這個冬天很多雨，趁著下午短暫的好天氣，我跑了一趟永樂市場。昨天有個女客人在店裡跟人聊天，講到手繪商品的製作，阿泰偷聽半天後，覺得頗有興趣，還過去跟人家攀談，希望那個女畫家的商品能在店裡寄賣。老實講，我很懷疑他對增添店內藝術氣息的興趣，還寧可相信他其實只是覬覦人家的美色而已。

依據在旁側聽到的內容，在大稻埕附近逛了一下，果然買到一個好大的胚布包包，表面粗糙，完全米白色，一點裝飾也沒有，那個女畫家就是用這種東西進行創作。我掏錢給老闆，而老闆眼光裡似乎透著一點懷疑，不怎麼相信我也能畫的樣子。

「少年耶，你知道這個怎麼畫嗎？」找我零錢時，他還問。

「我小時候有得過美術比賽的佳作獎。」而我點頭。

胚布到手後，我車子騎得飛快，又去了一趟書店，買回幾枝水彩筆，同時也買到一盒充滿童趣記憶的王樣水彩，然後匆匆趕回家裡，迫不及待拿出一張紙來打草稿。

要畫什麼才好呢？我今天的每一個動作都很迅速，一點遲疑也沒有，然而當一切就緒後，坐在沙發上，面對那張白紙時，偏偏腦袋卻忽然一空。

下午，阿泰說他前兩天跟織子聊了一下，織子的冬季班課程就快結束，正在是否繼續多讀一年或乾脆直接回日本的選擇間徘徊。可以多學點中文，也有一份不錯的打工機會，這些都是吸引她多留一年的原因；然而另一方面，她父親在結束洋食店的生意後，近幾年雖然不斷調養，但這陣子似乎又有點狀況，她母親已經幾次來電，要她再考慮考慮。

我那時有些詫異，按照織子曾告訴我的，她在華文中心的學制裡至少還能再讀一年，但倘若是今年讀完就走，那表示她剩下的時間便極其有限，恐怕農曆年前就會離開。阿泰轉述這些事時，我臉上有詫異表情，說自己居然對此毫不知情，但阿泰沒顯得意外，他看了我一眼，嘆了口氣，只說了一句話：「只看得見愛情的人都跟瞎子沒兩樣，而你更慘，你只跟自己的想像在談戀愛。」

試著再將思緒拉回眼前，我回想著，自己上次畫圖是什麼時候？拿著一枝鉛筆，一時有些遲疑，居然畫不出東西，腦袋裡除了阿泰說的那些話，其他的完全一片空白。小學畢業至今，我唯一一次畫圖，大概就是當兵時在廁所門板上塗鴉而已。

織子為什麼沒告訴我那些？如果我們只是朋友，那麼，這些話應該可以坦率地說出來才對，是不是她早就察覺到我隱藏得相當失敗的情感，所以才有了顧慮？但我隱藏得很失敗嗎？滿腹狐疑著，我彷彿聽到另一個自己的聲音，在耳邊不斷竊竊說著：是呀，你很他媽的失敗了，最失敗的那次，就是陪她過生日的那天，你像隻被遺棄的流浪狗一樣，一臉倒楣的失望模樣，完全透露出一個失敗者的沮喪，你就這麼徹頭徹尾地失敗了，媽的。

頂樓有不錯的風景，但我想來想去，其實沒什麼好畫的，織子如果想記得台北的風景，她不會自己拿相機出去拍幾張照片嗎？再說，這城市有啥好拍的？一天到晚下雨，不下雨就又悶又熱，到處人擠人，卻誰也不是真的認識誰，每個人都戴著面具在馬路上走來走去，這就是台北嘛，哪裡美了？

我只是不能理解，如果織子真的猜出我對她懷抱著某種特殊的情感，為什麼她從來不給予任何回應？還是因為我太蠢，所以儘管她回應了，我卻沒有察覺？她是一個很善良而體貼的女孩，我嘴角彷彿還嚐到她曾為我煮過的一碗天使拉麵，而她幫我買的那袋感冒藥也還擱在櫃子裡，那是她的表示嗎？我很感動，也很窩心，卻沒辦法忘記，當我們一起站在飯店大廳時，她看著櫥窗另一邊那個男人時，眼裡泛著的淚光，那是只有在面對自己所愛的人時才會有的目光。

看來我還是應該放棄，也許拿個胚布包包來畫圖這件事本身就是個莫大的錯誤，我怎麼會吃飽撐著想幹這種事呢？都怪阿泰，因為他說織子也許再過不久就會離開，我才想是否可以送她一點什麼，而這個胚布包包夠大，如果她有什麼隨身用品要放，那尺寸是很適合的。我搥了自己腦袋一拳，那麼雞婆要死，人家要走，你不懂得挽留就已經夠蠢了，還送個大袋子讓她把東西一次都裝走？如果所有東西她都能一次運走，那以後豈不是連回來拿東西的可能都沒了？我放下鉛筆，轉頭看看那個包包，一度有種想把自己也塞進去，讓她一起帶回日本的奇怪想法。

「小高先生休息了嗎？」我手握鉛筆，發了快兩個小時的呆，最後終於什麼也沒能畫得出來，就在昏昏欲睡時，忽然聽到織子敲門的聲音，她小心翼翼地端了一碗麵上來，說自己在家煮消夜，心想我可能還沒睡，所以特地來分我一半。

我大吃一驚，急忙把胚布包跟那些美術用具都塞進櫃子裡，這才過來開門。織子就像她平常的模樣，把麵碗放在桌上，直接從小廚房裡拿出筷子跟湯匙，問我是不是還在忙，如果不忙，要不要現在就吃。

「妳知道，地球總會有毀滅的一天，知道吧？」坐下，看著香氣四溢的那碗麵，不曉得為什麼，我問了一個怪問題，織子有點疑惑地點頭。

「如果地球在下一分鐘就要毀滅，妳知道現在我要幹嘛嗎？」我又問，而織子搖頭。我坐在沙發上，拿起筷子，很認真地告訴她：「我要先吃這碗天使拉麵。」

當她臉上有著開心而溫暖的笑容時，我忽然明白自己最想畫的是什麼了。

我猜自己已經提早嚐到了思念的味道。

對很多初嚐咖啡的人而言，曼特寧與巴西是非常適合的入門款式，它們有苦有酸，卻又不算太苦或太酸，也比較喝得出咖啡的香氣，習慣了咖啡味道後，有些人會開始接觸更多不同的豆子，朝著各自喜歡的方向去追求，有些人會死忠於昂貴但口感精緻的牙買加藍山，有些人則轉而投入充滿苦味卻回甘的黃金曼特寧的懷抱。站在純粹品嚐的角度，每個人都可以喜歡不同的咖啡，但如果是一個沖煮咖啡的師傅，就必須針對不同的咖啡種類、不同的咖啡特色，以及不同的客人需求，煮出各種迴異的口感或味道。

這個道理打從好久好久以前，剛接觸咖啡的最初，那個山羊鬍老闆就曾經告訴過我，但不知怎地，事隔多年後，現在我站在吧台前，不管什麼豆子、什麼煮法，最後弄出來的黑褐色液體卻只有同一種滋味，叫作難喝。

「很難喝嗎？我覺得還不錯耶，有少什麼味道嗎？」我每煮一杯，阿泰就喝上一口，但他完全嚐不出口感，還問我是不是忽略了哪個步驟，否則怎會覺得有問題。

「何只少個味道而已，簡直難喝死了。」我懊惱地將那些糟糕的液體全都倒進了水槽裡。

只有公休日裡，我們才能堂而皇之地在店裡抽菸。弄了一下午，煮不出像樣的味道，阿泰傍晚還跟一個他最近勾搭上的馬子有約，人家要歡天喜地去吃燭光晚餐，而我則叼著菸，在吧台裡坐困愁城，望著滿桌面的凌亂，竟是一點辦法也沒有。

很沮喪地離開咖啡店，結果才剛騎上機車就開始下雨，無奈地淋雨回家，卻在一上樓就看到更教人懊惱的畫面。昨晚我很辛苦地終於把胚布袋畫好，在那個不算小的手提袋上，我畫了一對走在草原上的男女，左邊的男生穿著顯眼的紅色球鞋，就像我腳下這雙；右邊的女生戴著可愛的粉紅色耳環，也跟織子一樣，而遠遠處還有藍色背景，那是我們去過的宜蘭海邊。雖然畫得不是很好，起碼總看得出來主角是誰。畫好後，我怕水彩太濕會很難乾，所以將袋子擱在屋後的小架子上，以為氣象預測都說了會有好天氣，至少可以把水彩曬乾，沒想到居然被老天爺擺了一道，現在那個袋子上面什麼也看不出來了，只剩五顏六色糊在一起的爛樣子，顏料被水融開後，正沿著袋子邊緣一滴滴往下流，連地板都染了顏色。在那瞬間，我詫異地瞪大雙眼，卻連半句話也說不出來。

那個賣我胚布袋的老闆笑得嘴都歪了，在我第二次又來找他時。沒等雨停，將那個被雨水給毀了的袋子扔進垃圾桶後，我決定立刻又跑一趟永樂市場，本來想跟老闆理論幾句的，沒想到他只用一句話就讓我啞口無言，「少年耶，你有看過不怕水的水彩嗎？」看我啞口無言，老闆搖搖頭，他還記得上回聽我說過的話，又問：「你不是得過美術比賽的佳作嗎？那是多久以前的事了？」

「小學一年級。」我黯然。

老闆說我根本就用錯了顏料，袋子是日常隨身的東西，提出門總有遇到下雨的時候，要在那種布料上作畫，當然只能用不怕水的顏料，他重新拿了一個胚布袋給我，很認真地說：「幫個忙，用點腦筋，好嗎？」

帶著被老闆羞辱的無奈，這次我按照他的指示，在回家的途中還轉到美術社去買了一組好貴的壓克力顏料。但心裡卻開始想，這次要畫什麼呢？上一回，我想了好幾個晚上，勉強才畫出兩個人的模樣，那這回呢？如果不是在這個前提下，我應該有太多能畫的內容，畫她的身影，畫她的笑容，甚至我可以畫出她那盆被我的尿水給鹹死的仙人掌，也可以畫我賠償給她的黃金葛，再不然，她製作小點心的樣子也是絕佳素材，只是不管我怎麼想，那些似乎都與我們現在的情境不符，也不能表達出在臨別前我所有的心思，看著泛點米黃的胚布袋，我放空了許久，原來，想一個人很容易，畫出思念卻很難。

我像一隻無頭蒼蠅，在自己狹小而封閉的世界裡不斷盤桓，每拍動一下翅膀，都象徵著我一次徒勞無功的妄想。屋子裡亂成一團，我也沒心思去整理，繞著胚布袋晃半天，最後我終於決定暫時放棄，或許換個空間、換個心情，說不定就會有新的靈感。提著一籃衣服出來洗，我本來只想給自己喘口氣的機會，但沒想到一踏進洗衣店，就看到那個我最想見又最怕見到的人，又被吃掉零錢的她站在洗衣機前面，正用力拉扯著投幣口的扣環。她完全沒發現背後有人，就站在那裡，而我看著看著，不免喟然，有些人就是這樣，永遠學不到教訓，比如被一台洗衣機一耍再耍，也比如對一個不愛她的男人一愛再愛。

「下次記得多帶一點零錢。」我嘆口氣，叫她把衣服搬到另一台去，同時也掏出二十元的硬幣給她。

「小高先生好像很不快樂。」坐在硬板凳上等待洗衣機工作時，織子忽然問，但我笑了一下，不置可否。我要怎麼回答？好像怎麼回答都不對。

「我聽阿泰說了，關於妳父親的身體，最近是不是不太好？」不想談到自己，我試圖轉移話題，但不管怎麼轉，其實我都只想跟她聊這件事。

織子點點頭，說最近確實常接到母親從大阪打來的電話，詢問她回家的意願。

「妳如果走了，店裡會很缺人手的。」我皺眉頭。

「小高先生請不用擔心，我會幫忙再找人的。」織子急著說：「我的同學，有兩個韓國女生，她們很想要工作。」

我苦笑，怎麼，妳以為我心情鬱悶的原因只是怕店裡缺人嗎？看著織子，我忍不住搖搖頭，說這無所謂，就算缺人，那也是阿泰才需要擔心的問題。

「那小高先生是為了什麼在煩惱呢？」

「我怕以後沒天使拉麵可吃了。」我苦笑。

織子臉上有些無奈，她說前幾天跟阿泰討論過，原則上就是會依照母親的希望，先回大阪一陣子，至少，如果父親的身體狀況不能復原，那麼她好歹還能分擔一點照護的工作，別讓母親太累。

「是這學期結束就回去嗎？」我問，而織子點頭，說還有兩個星期。

「回去之後，工作應該不用急著找，好好照顧妳的父親比較重要，如果妳父親的身體復原了，也許妳可以回台灣來，」我想了一下，說：「至少把台灣的課業全都完成。」

「謝謝你，小高先生。」她給了一個微笑，讓人心猿意馬了一下，但跟著還有一個「你真是一個好人」的眼神，則又讓我瞬間萬念俱灰，了無生趣。

也許，我們有些話從來沒能好好地說出口，所以才會有一個故事在還沒真正開始前，就已經提早預告了結束，是這樣的嗎？也許我們可以怪罪，是這城市的匆忙，才讓人學不會停下腳步來聽聽自己心裡的聲音，又或者因為一種東方人與生俱來的含蓄，才讓我們即使在某些時候意念滿盈，但依然隻字片語都說不出口，不管怎麼樣，故事都是會結束的，差別只是在劇終之際，有些人得到了圓滿的結局，而有些人，則像我這樣，滿腦子想法，卻落不出一個筆畫。我在想，如果還能重來一次，我會不會更勇敢一點？能不能再不管她心裡是否住著誰，大方地，就將自己日久而生的情感好好表達出來？我們太熟絡、太親近了，多的是告白的良機，而良機有了之後，我能說嗎？我敢說嗎？從高雄回來後，我儘管明白了一些什麼，也認為自己應該把握住這最後一些時間，為織子付出，但要順著這勢就直接告白嗎？在狹小但明亮的洗衣店裡，近距離地看著她的側面，那幾縷髮絲輕垂鬢邊的美好，我決定適可而止，與其在這時候丟出一個選擇題，逼她選一個徒令人失望的答案，我寧可就這麼陪伴著，就這麼守護著，只扮演著她心目中的那個「好人」，直到最後。

傍晚，衣服洗好後，我陪織子去了一趟食材行，儘管離期在即，她還是認真在盤點著店裡的各項庫存，並且一一補足。我們不怎麼聊天，也可能誰都沒有說話的心情。把食材送回店裡後，我們搭計程車一起回來，在電梯口，我忍不住問她，如果這個好突然的決定是個誰也不能改變的決定，那麼，在那天到來前，她還有沒有什麼心願，織子依舊帶著和煦而溫暖的笑容，想了想，她說想喝杯咖啡。

那會是一個完整的缺陷，在我心裡。

藏在妳行囊裡的是一首我留下的小情歌，成了曲調卻不成夢，
怪罪著命運的頑皮才在終章時讓故事洋溢了咖啡香。
我欺騙自己可以放下，卻無法催眠自己忘了妳。

「我一個人的冒險，一個人的座位，
一個人想著一個人，眼角的淚，這不是錯覺。」＊

*〈一個人想著一個人〉，曾沛慈

小情歌

32

雨下個不停，一連好幾天都是這種天氣，雖然省下我出去給那些盆栽施肥的力氣，卻也讓屋子裡老是瀰漫著一股發霉的怪味。

織子已經買好機票，也把店裡的工作交接出去，兩個韓國籍的小女生在阿泰面試完成後，順利加入店裡的工作行列，她們是織子在華文中心的學妹，現在一個負責餐點的製作，另一個則專門做外場管理。

「我真不敢置信，你就這樣放棄了。」尿床妹對我說：「跟阿泰那小子在一起那麼多年，我以為你好歹可以學到他三成的本事。」

「哪需要三成呢？一成就夠，只要他學到一成功夫，也許我就有個日本籍的大嫂，以後去大阪都不用花錢住飯店了。」高妹也嘆氣。

她們七嘴八舌地揶揄著，但我總是搖頭。除了搖頭，我真的一句話都說不出口。

關於那個歡送會，我想大概也沒什麼好描述的，不過就是一群人關起門來，在店裡喝酒抽菸地胡鬧，大家都準備了小禮物，唯獨我兩手空空，而且滴酒不沾。阿泰問我怎麼不敬一杯，我說喝醉了還怎麼騎車回家？

以前我的機車上只有一頂安全帽，後來因為織子，置物箱裡多了一頂她的，那以後呢？我知道很多事物在表面看來不過是回到原點罷了，我又可以放肆地只穿內褲在頂樓走來走去，並任意挑選一盆盆栽大方尿尿，可卻總也有些是不再一樣的，比如屋子裡多出來的一些小家具，還有一盆當初我買給織子的黃金葛，以及從前我不曾覺得的，那塊心口上很大很大的缺。

為了這場歡送會，阿泰特別歇業一天，他說這種自己人的活動，不該受到別人打擾，少賺一天的錢也不會死。晚上九點多，細雨濛濛中，我們結束了喧騰，織子捧著大包小包的禮物，已經坐在我的機車後座上等著。

「這是你品嚐生魚片的最後機會了，兄弟，拜託，請告訴我，說你今晚一定會好好把握。」阿泰站在我旁邊，臉上還帶著溫馨的笑，但嘴裡小小聲說出來的居然是如此下流的話。

「我覺得很難過，」忍不住側頭看他一眼，我說：「真不敢相信，直到故事的尾聲，你居然始終都沒有進化成人類。」

「就算肉體上沒辦法達陣，至少有些話，你總得說了吧？」阿泰問我。

「會有那一天的，只是……」我想了想，忽然笑了出來，說：「續集之所以能讓人期待不已，大概就是因為懷抱著一股希望，對吧？」

屋子裡安安靜靜，別人還要續攤唱歌，但織子可是明天中午的飛機，她最好乖乖回家睡覺，免得玩過頭錯過班機。我看著她走出九樓電梯，自己則回到屋裡。人生嘛，沒有什麼是絕對的，尤其愛情。我在不開燈的客廳裡點了根菸，但吸不到兩口就覺得索然無味，正想熄掉，忽然聽到腳步聲，織子回家放了包包後，跟著走了上來。

「妳應該好好洗個澡，然後睡一覺的。」我說。

「有一點點不習慣，家裡東西都收起來了。」她說。

我大概可以明白那種滋味。這幾天來，織子忙著整理屋子，她的東西不算多，打包了幾個裝滿書跟衣服的箱子，然後寄回日本，住處剩下的全是丟了也無所謂的零碎物品。至於房子鑰匙，她託我明天之後轉交給房東。

本來打算等明天去了機場再把東西給她的，但我轉念想想，或許現在會更適合一點。開了燈，讓織子坐在客廳裡，而我回到房間，拿了第二次畫的胚布提袋出來。

「這個是？」她有些驚訝，忍不住伸出手來，摸摸包包上我那不成熟的筆觸所畫出的線條。

「還記得那裡嗎？那是宜蘭的風景。」我指著袋子上的圖案，主角背後的海平面遠端還有一座龜山島。

「這個是我？」她指指主角，而我點頭。

那一幅畫裡，沒有細緻的勾勒，只有粗略的線條表現，我畫了她站在海邊的模樣，有好看的側分髮型，還有她常常戴的那對耳環，以及招牌笑容。

「這是我們一起去的地方，小高先生怎麼沒畫自己？」她抬頭問，而我卻有些說不出話來。

外面隱約還聽得到城市的喧譁，但更多的是點點淅瀝的雨聲，過了良久後，她忽然對我說了一句「對不起」。

「為什麼要說對不起呢？」我有些不懂。

「小高先生是不是想對我說什麼？」她有些為難，像被話哽住喉嚨似的，一時有點難以開口。那當下我就笑了，站起身來，從冰箱裡拿出兩瓶啤酒，跟她一起喝著。

「我是有句話一直想對妳說，沒錯。」我點點頭，又說：「但是現在，我覺得也許換另外一句會更好一點。」

這回輪到織子露出茫然的眼光，她看著我，而我說：「原本要說的話不太適合現在說，而且我大概也沒膽子說出口，所以不如就換一句吧。」

「換成什麼呢？」

「保重。」我淡淡地說。

妳一定以為我會想在這最後一個晚上告白，對吧？我抽著菸，看著織子輕撫著袋子上的畫作，眼神充滿感慨的模樣，忍不住很想再多說點什麼，可是卻怎麼也說不出口。那些還有什麼好說的呢？又有什麼能比得上此刻的寧靜呢？我們都知道有些現實裡的狀況是此時此刻誰也無法改變與勉強的，與其說出一些會讓彼此都為難的話，倒不如讓我們好好品味這當下，直到最後一刻比較好吧？好半晌後，我依然一句話也沒能吐出來，卻聽到織子輕輕地，小小聲地說了一句「謝謝」。

夜深了，一整晚已經喝了不少酒的織子在小臥房裡安靜地睡著，而我坐在客廳沙發上，儘管一個人又喝了一手啤酒，但閉上眼睛還清醒得要命。

睡前，織子又問我，為什麼袋子上只畫了一個人，我說得輕描淡寫，因為袋子要讓她帶回日本，所有美好的回憶都裝在袋子裡，至於袋子本身只是個象徵，所以我只畫了她一個人。

帶她走進高妹偶爾來住的另一間小臥房，把棉被跟枕頭都借給她，退出前，織子忽然又說了一次「對不起」，但我搖頭，說沒有關係。

「我是說……」她看看周遭，又說：「不是這個意思。」

我笑了出來，這種太過內心的表達，對織子而言似乎頗有難度，我當然知道她不是為了打擾我這一晚而道歉，但有些話我們真有必要說得那麼明白嗎？看著我，織子像是費了很大力氣才能把話說出口，她說：「我知道小高先生的意思，可是我……我曾經以為，以為可以把一些不好的事情忘掉，可以重新開始，可是，可是我……」

「其實妳一直都明白的，對不對？」不忍心看她如此為難，於是我只能這麼問，而她過了半晌後輕輕點頭。

「那就夠了，真的。」我說。

有些時候，我們在愛情裡所想得到的答案，其實也不過就那麼簡單而已，而當故事結束時，我想確定的，也只是這件事罷了。既然她都點頭了，那就夠了。走出屋外，雨不知何時忽然停了，我抽著菸，看著被雨水洗過後的城市到處明亮，心裡卻怎麼也開心不起來。

在天台上到處走了幾步，拖鞋踩著水，發出一點點細微的聲音，我忽然在腦海裡泛過很多畫面，有些是剛認識織子時的事，有些是我們後來的過程，我想起那次去宜蘭時，她其實根本不算太認識我，而我對她的了解也不多，但我們就相信了彼此。而那些後來的後來，乃至於到了這個晚上，這個出現時總伴著雨水的日本女孩，像極了傳說中的故事人物。我沒有借給她一把雨傘，倒是不自覺地掏空了心，而我身體裡，或者靈魂裡有些部分也將伴隨著她的離開而死去，這是注定的結局，但我一點都不感到遺憾，只是有些難過而已，然而我也明白，那難過並不會是永恆的，因為今天儘管是即將臨別的前夕，但誰又知道下次我們再相聚時，會不會有新的故事？

「小高先生，我可以跟你要一件事嗎？」不知何時，織子從高妹的狗窩裡鑽了出來，她在我背後大概站了很久吧，忽然開口說話時，還讓我嚇了一跳。

「我們認識多久了？」我問，而她想了想，說大概幾個月總有，於是我笑著說：

「這幾個月來，我有拒絕過妳什麼嗎？」

「好像沒有。」

「那就對了。」我笑著說。

我是為了妳的笑容而存在的，從來都是。

「也不必用什麼太複雜的工具，基本上，這些就很足夠了。」那一夜的後來，我們就不睡了，晚間喝過酒的她，洗了把臉後，恢復了一些精神。點亮客廳裡的燈，把所有器具都搬出來，我讓織子坐在沙發上專心地當個觀眾就好。自己站在小餐桌前，先舀出一匙豆子，放進磨豆機裡，磨了大約二十秒左右，原本褐黑油亮的豆子散出濃郁的香氣，變成細碎的顆粒。

「濾紙放在濾杯上，濾杯架在小玻璃壺上，都先用熱水燙過，再把熱水倒進杯子裡，這些全都要暖杯，千萬別忘了。」我一邊解說，一邊繼續動作，將咖啡粉末倒進濾紙後，用手指戳了一個小凹洞，然後等燒開的熱水降溫到八十五度上下，這才以極緩慢的速度，用繞圈圈的方式將熱水注入。這一夜，或許是腦袋裡只有為織子好好煮一杯咖啡的單一想法，專心一致著，便忽然覺得手感都回來了，一杯咖啡細心烹煮著，每個動作都很自然，這與上次和阿泰在店裡練習時的模樣大相逕庭，此時此刻，我幾乎什麼都不想，心無旁騖地把咖啡煮好，白色的小瓷杯裡，漾著褐色液體，香味瀰漫。我望著那杯咖啡，這回心裡沒有難過，沒有沮喪，也沒有那麼多長年來讓我封閉內心的困擾或遺憾，我真的只想如此單純地，為自己最心愛的人，實現一個小小的心願，至於那是不是愛，我不清楚，但誰還管它愛或不愛呢？我只覺得這一刻的自己很幸福，就像織子說過的，哪怕當下就要死掉了也沒關係的那種幸福。

「小高先生以後會在店裡煮咖啡嗎？」織子忍不住問。

「會，但是不賣。」我依然搖頭，織子露出錯愕的表情，而我忍不住笑了出來，說：「除非每一杯都是妳來買。」

「不賣，就不賺錢，那，那個就沒效果了。」織子笑得很燦爛，她指指我最近才捨得拿出來，掛在手腕上，一串碧綠色的佛珠，那是我們剛認識不久，為了一個無聊的作業而去了宜蘭，在求財非常靈驗的土地公廟裡，織子特地買來送我招財的禮物。

「下一杯咖啡，要嘛妳回台灣來喝，再不，我會帶到大阪機場去等妳。」我說。

織子臉上有溫暖的笑，但我其實不是隨口說說，也許她回日本後，隨即就跟前男友復合，也可能她父親的病況好轉，她很快再回台灣，又或者，她離開之後不用多久，就已經忘了台灣的一切，未來還很遠，明天則是誰也沒有把握的明天，但那又怎樣呢？我至少懷抱著一個心願，有個心願，遺憾就會少一點；遺憾少一點，續集說不定就來得快一點，而不管續集來不來，起碼，這一刻我在為她醞釀一杯香氣，這就是幸福。

當一滴滴咖啡慢慢滴入壺裡，香氣滿溢整個客廳，我從壺中倒出一小杯來，自己試喝了一小口時，就知道剛剛那句話真的不是瞎說。這一小杯咖啡有回甘的口感，雖然苦澀，卻在飲落後迴盪了一絲甜甜的餘韻，這才是好咖啡。

「好喝嗎？是什麼感覺呢？」她已經躍躍欲試，想來嚐嚐味道。

「像愛情。」我說。

我喝到一杯好咖啡時會想妳一次，我喝到一杯好咖啡時會希望妳想我一次。

【全文完】

國家圖書館出版品預行編目資料

小情歌／東燁（穹風）著. -- 初版. -- 臺北市：商周出版：
家庭傳媒城邦分公司發行, 2013（民102.11）
面：　公分. --（網路小說；224）

ISBN 978-986-272-466-8（平裝）

857.7　　　　102019828

小情歌

作　　者／東燁（穹風）
企畫選書人／楊如玉
責任編輯／楊如玉

版　　權／翁靜如
行銷業務／李衍逸、吳維中
總 經 理／彭之琬
發 行 人／何飛鵬
法律顧問／台英國際商務法律事務所　羅明通律師
出　　版／商周出版
城邦文化事業股份有限公司
台北市民生東路二段 141 號 9 樓
電話：(02) 25007008　傳真：(02) 25007759
Blog：http://bwp25007008.pixnet.net/blog
E-mail：bwp.service@cite.com.tw
發　　行／英屬蓋曼群島商家庭傳媒股份有限公司城邦分公司
台北市民生東路二段 141 號 2 樓
書虫客服服務專線：(02) 25007718、(02) 25007719
服務時間：週一至週五上午09:30-12:00；下午13:30-17:00
24 小時傳真專線：(02) 25001990、(02) 25001991
劃撥帳號：19863813；戶名：書虫股份有限公司
讀者服務信箱：service@readingclub.com.tw
城邦讀書花園：www.cite.com.tw
香港發行所／城邦（香港）出版集團有限公司
香港灣仔駱克道193號東超商業中心1樓
E-mail：hkcite@biznetvigator.com
電話：(852)25086231　傳真：(852) 25789337
馬新發行所／城邦（馬新）出版集團【Cité (M) Sdn. Bhd.】
41, Jalan Radin Anum, Bandar Baru Sri Petaling,
57000 Kuala Lumpur, Malaysia.
Tel: (603) 90578822　Fax:(603) 90576622
email:cite@cite.com.my

封面設計／黃聖文
排　　版／新鑫電腦排版工作室
印　　刷／高典印刷有限公司
總 經 銷／高見文化行銷股份有限公司
電話：(02) 26689005　傳真：(02) 26689790
客服專線：0800-055-365

■ 2013 年 11 月初版

Printed in Taiwan
城邦讀書花園 www.cite.com.tw

定價200元

　ISBN　978-986-272-466-8

請於此處用膠水黏貼

商周出版

讀者回函卡

感謝您購買我們出版的書籍！請費心填寫此回函卡，我們將不定期寄上城邦集團最新的出版訊息。

不定期好禮相贈！
立即加入：商周出版
Facebook 粉絲團

姓名：______________________ 性別：☐男 ☐女

生日：西元________年________月________日

地址：______________________

聯絡電話：____________ 傳真：____________

E-mail ：

學歷：☐ 1. 小學 ☐ 2. 國中 ☐ 3. 高中 ☐ 4. 大學 ☐ 5. 研究所以上

職業：☐ 1. 學生 ☐ 2. 軍公教 ☐ 3. 服務 ☐ 4. 金融 ☐ 5. 製造 ☐ 6. 資訊

☐ 7. 傳播 ☐ 8. 自由業 ☐ 9. 農漁牧 ☐ 10. 家管 ☐ 11. 退休

☐ 12. 其他______________________

您從何種方式得知本書消息？

☐ 1. 書店 ☐ 2. 網路 ☐ 3. 報紙 ☐ 4. 雜誌 ☐ 5. 廣播 ☐ 6. 電視

☐ 7. 親友推薦 ☐ 8. 其他______________________

您通常以何種方式購書？

☐ 1. 書店 ☐ 2. 網路 ☐ 3. 傳真訂購 ☐ 4. 郵局劃撥 ☐ 5. 其他______

您喜歡閱讀那些類別的書籍？

☐ 1. 財經商業 ☐ 2. 自然科學 ☐ 3. 歷史 ☐ 4. 法律 ☐ 5. 文學

☐ 6. 休閒旅遊 ☐ 7. 小說 ☐ 8. 人物傳記 ☐ 9. 生活、勵志 ☐ 10. 其他

對我們的建議：______________________

____

____

【為提供訂購、行銷、客戶管理或其他合於營業登記項目或章程所定業務之目的，城邦出版人集團（即英屬蓋曼群島商家庭傳媒（股）公司城邦分公司、城邦文化事業（股）公司），於本集團之營運期間及地區內，將以電郵、傳真、電話、簡訊、郵寄或其他公告方式利用您提供之資料（資料類別：C001、C002、C003、C011 等）。利用對象除本集團外，亦可能包括相關服務的協力機構。如您有依個資法第三條或其他需服務之處，得致電本公司客服中心電話 02-25007718 請求協助。相關資料如為非必要項目，不提供亦不影響您的權益。】

1.C001 辨識個人者：如消費者之姓名、地址、電話、電子郵件等資訊。
2.C002 辨識財務者：如信用卡或轉帳帳戶資訊。
3.C003 政府資料中之辨識者：如身分證字號或護照號碼（外國人）。
4.C011 個人描述：如性別、國籍、出生年月日。

請於此處用膠水黏貼